EL DÍA QUE ME LAVÉ LA CARA EN EL INODORO

Brenda Kearns

Library and Archives Canada Cataloguing in Publication

Kearns, Brenda, 1963-
[Day I washed my face in the toilet. Spanish]
        El día que me lavé la cara en el inodoro   / Brenda Kearns.

Translation of: The day I washed my face in the toilet.
Issued in print and electronic formats.
ISBN 978-1-927711-08-8 (pbk.)

        I. Titre. II. Titre: Day I washed my face in the toilet. Spanish.

PS8571.E355D3918 2015   jC813'.54   C2014-908446-3

Otros libros de Brenda Kearns:

Fiesta de pijamas en el zoológico
No hay nada malo con Claudia
Pericos y palomitas de maíz

English editions:

Home
The Day I Washed My Face in the Toilet
Sleepover Zoo
There's Nothing Wrong With Claudia
Parrots and Popcorn

Éditions françaises:

Le Jour où je me suis lavé la figure dans la cuvette
Pyjamazoo
Claudine ne fait jamais rien de mal
Pop-corn et perroquets

Este libro está dedicado a la traductora de español Beatriz Paganini, alguien a quien estimo por su conocimiento del idioma y su gran corazón. ¡Gracias por hacer posible este libro!

ÍNDICE

Capítulo 1

"El Demente"

Edward estaba desnudo, obviamente, excepto por el pañuelo a lunares que siempre usaba a modo de máscara en estas ocasiones especiales. Y esta vez estaba usando la pequeña ventana del baño de arriba, situada sobre el inodoro, de modo que ello debería haberme impedido ver la peor parte del espectáculo. Pero no tuve esa suerte. Al subirse al inodoro y ponerse de espaldas a la ventana, podía apoyar el trasero contra el vidrio y enseñármelo a mí y a todo el que estuviera mirando. Luego se agachaba, se ponía de frente, y saludaba con la mano —El Demente de la máscara a lunares—, antes de comenzar nuevamente con la rutina de niño tonto.

Trasero... lunares... trasero... lunares... Si alguien descubriera un medicamento que pudiera curar el problema de mi hermano, se haría millonario.

—Estarán bien viajando solos en el avión —dijo mamá—. Monica ya tiene 14 años, y puede cuidar de Edward, ¿verdad, Monica? —Mamá me miraba y sonreía, pero no con su sonrisa verdadera. Esta era su sonrisa tensa, fingida; la sonrisa de "Si la

Sra. Frieson ve lo que Edward está haciendo en la ventana, tendrá otro accidente cerebrovascular".

—Además, son sólo ocho horas hasta Inglaterra. Probablemente dormirá la mayor parte del tiempo —agregó, asintiendo con la cabeza como loca para convencerme.

Trasero... lunares... trasero... lunares...

—Desde luego, mamá; no tendrá ningún problema en permanecer sentado ocho horas... siempre que primero lo matemos —respondí.

De acuerdo, eso es lo que *hubiera deseado* decir. En su lugar, sólo esbocé una sonrisa —mi propia versión de la sonrisa tensa y fingida— mientras comenzaba a deslizarme lentamente hacia la izquierda, intentando que la Sra. Frieson quedara entre la ventana y yo, de espaldas al Demente. Mamá se deslizó por la vereda junto a mí, siguiendo mi ejemplo. Parecía una escena de esos programas de animales salvajes, en la que el depredador rodea lentamente a su presa... excepto que *estas* depredadoras eran dos tontas sonriendo desesperadamente, y la presa, una anciana casi calva de 82 años, encorvada sobre un andador.

Trasero... lunares... trasero... lunares...

—No creo que sea apropiado que los niños viajen solos en avión —dijo la Sra. Frieson, lanzando una mirada molesta a mis pies en movimiento, y ajustando otra vez la posición de su andador para quedar frente a nosotras.

—Mamá volará en un par de días, luego de su última cirugía —le dije—. Y nos quedaremos con la abuela. Estaremos bien. — Mamá es enfermera pediátrica especializada en gastroenterología. Eso significa que atiende a los niños luego de que los médicos les hurgan los intestinos para intentar que les funcionen correctamente. Créanme, no les conviene que les dé más detalles.

Trasero... lunares... trasero... lunares...

—Pero, ¿dónde vive tu abuela? ¿Cerca del aeropuerto?

¿Cómo podrán encontrarla? ¡Es un despropósito! —La Sra. Frieson golpeó su andador contra la acera para enfatizar sus palabras. La última vez que la había visto tan alterada fue cuando encontró la colección de arañas muertas de Edward en el buzón de la correspondencia.

Si me hubiera atrevido, le habría dicho que ese no era su problema. Después de todo, ella es sólo la propietaria de la vivienda que alquilamos. Pero no me atreví. Y ella es la propietaria.

—Vive en Old Warden, un pueblito cerca de Bedford —dijo mamá—. Y los recogerá en el aeropuerto. No es ningún problema.

La sonrisa fingida de mamá desapareció por completo de su rostro al abrirse la ventana del baño.

—¡En realidad, Old Warden no es un pueblito, sino una aldea! —gritó Edward a través de su máscara a lunares, sacando su torso escuálido por la ventana. Aunque la pubertad fuera extremadamente generosa con él, nunca podría hacer el papel de Tarzán. —En Inglaterra, un grupo de casas es un caserío. Si hay una iglesia, es una aldea. Si hay un mercado, es un pueblo. Si hay una catedral, es una ciudad...

La Sra. Frieson se quedó mirando fijamente a Edward con esa expresión perpleja que la gente adopta cada vez que mi hermano comienza a hacer gala de su sapiencia. Si hay algo peor que un niño demente, es un niño demente que, además, es un diccionario ambulante.

De pronto, sus ojos se abrieron desorbitadamente. —¿Ese niño está *desnudo*? —preguntó.

—Ah... bueno, sí... es... es un tanto precoz —dijo mamá. Como si nos hubiéramos puesto de acuerdo, mamá y yo nos lanzamos hacia la puerta del frente. —¡Debo ayudar a los niños a empacar sus maletas! —dijo mamá por sobre su hombro—. ¡Que tenga buen fin de semana!

—¡Precoz! ¿Qué quiere decir con eso? —gritó la Sra. Frieson.

—Quiere decir que es insoportable —masculló, mientras cerraba la puerta con llave.

Mamá subió corriendo al baño para que Edward se pusiera la ropa. Hablando en serio, ¿a cuántos niños de 10 años conocen a quienes haya que decirles que usen ropa? Si no fuera tan buen jugador de ajedrez, ya lo habría ahogado en la tina hace años.

Para entonces, yo ya había tenido suficiente melodrama, así que decidí ir a mi cuarto a empacar. Gran error.

El olor a spray para el cabello me cortó la respiración. Lo cual, probablemente, fue una ventaja, porque lo que *deseaba* decir no me habría favorecido mucho frente a mamá, quien especialmente hoy esperaba que no hubiera riñas entre los hermanos. ¿Vieron cuando dicen que en un cuarto parecería haber explotado una bomba? Pues bien, en el nuestro había explotado una. Una llena de sostenes. ¡Debe de haber habido una docena de ellos desparramados por todo el piso! Más uno de color rosa fuerte que colgaba de la silla de mi escritorio. ¡La silla de *mi* escritorio! Y de pie en el medio de ese caos estaba Shelley, luciendo el único sostén que no había lanzado como un *frisbee* al otro lado del cuarto.

—¡Ya no me queda ninguna de estas estúpidas cosas! —gritó, señalando con los brazos su colección abandonada de sostenes—. ¿Ahora qué haré?

—No me mires a mí —dije entre dientes, enganchando uno con un pie y lanzándolo sobre su cama (lo cual, en realidad, creo que agregó un toque dramático muy adecuado a la escena).

De acuerdo, supongo que podría haberme comportado mejor. Después de todo, tener El Pecho en Increíble Expansión no podía ser fácil. Este año, Shelley había alcanzado oficialmente el apogeo en la escala sexy. Muy pronto, pasaría a integrar la clasificación de "pechugona". Pero, a decir verdad, estaba pidiendo solidaridad a la persona menos indicada. Si bien es cierto que a esa altura yo ya compraba sostenes de tamaño normal, es probable que aún pudiera usar cómodamente mi viejo y primer sostén de entrenamiento —si bien no estaba dispuesta a deprimirme intentándolo— y quizá tampoco tendría ningún problema en *no usar ninguno.*

Era como si, para el momento en que llegó a mi familia, el Hada de los Genes se hubiera cansado de dividir las cosas de manera equitativa, y hubiera decidido partir por la mitad la carga genética sin pensarlo demasiado. Pechos grandes para Shelley... pechos planos para mí... piernas largas y esbeltas para Shelley... piernas cortas y regordetas para mí... cabello lustroso y rubio para Shelley... cabello crespo y castaño para mí... cutis perfecto para Shelley... notas escolares excelentes para mí...

De acuerdo, no todo era malo. Yo, con mis piernas regordetas, este año había ganado el concurso de Ciencias del 8.° grado, mientras que Shelley, con sus pechos colosales, muy probablemente terminaría trabajando en algún lugar de comida rápida al finalizar el secundario. Pero por una vez —sólo por una vez— me gustaría tener que preocuparme por saber si un chico se interesaba en mí sólo porque era atractiva o no. De veras. Sólo por una vez.

Giré en ángulo recto a la derecha, y me dirigí a mi mitad del cuarto, reteniendo la respiración para evitar los vapores del spray hasta que pudiera abrir la ventana. Luego, tomé el sostén que Shelley había arrojado sobre mi silla —¡mi silla!— y lo lancé al aire sobre su cama. ¡Es sorprendente lo bien que vuelan los de talla grande!

Pero Shelley ni se enteró. Hurgaba alborotadamente en su cómoda rebosante de cosas, mascullando sin cesar por lo bajo, pero por lo bajo *en voz alta*, desde luego... haciendo honor a uno de sus lemas: si vas a despotricar, es importante hablar claramente, para que los que intentan no escucharte puedan oír lo que dices.

—Son todas pantaletas para viejas —protestó Shelley, mientras extraía un par muy holgado y lo sacudía fuertemente para desprender los calcetines que estaban adheridos a él. La Reina del Melodrama adora la electricidad estática; realmente permite agregar más dramatismo a la actuación.

—¡Cielos, Shelley, sólo nos quedaremos nueve días! ¿Quién reparará en tus pantaletas? —le pregunté—. Además, tendrías un montón para usar si las lavaras de vez en cuando.

—¡Grrrrrrrrrr! Tengo un montón, pero ninguna es *sexy* — respondió, arrojando un puñado de calcetines "huérfanos" por sobre su hombro—. ¡Vamos a Londres! ¡Quiero lucir sexy!

—Vamos a Old Warden —murmuré—. Está a casi dos horas de Londres. Deberías mirar un mapa de vez en cuando.

Shelley comenzó a arrojar prendas en su maleta, y cuando digo "arrojar", me refiero a *arrojar*. Para Shelley, el concepto de doblar la ropa simplemente no existía. Abrí el cajón superior de mi cómoda: sostenes a la izquierda, pantaletas dobladas y apiladas cuidadosamente en el medio, calcetines extendidos uno sobre otro a la derecha. ¿Es que Shelley no se daba cuenta de cuánto más fácil era la vida cuando uno podía *encontrar* las cosas, como calcetines con sus pares y sostenes del tamaño adecuado? ¿Cómo era posible que no se diera cuenta de cuánto *mejor* se veían las cosas cuando estaban organizadas?

Mamá pasó de prisa por la puerta llevando la maleta de Edward. —Por favor, no permitas que la tía Gay te presione para que empaques las cosas de la abuela antes de que yo llegue dijo—. La abuela está realmente molesta con la idea de mudarse a un hogar de ancianos, de modo que quiero tranquilizarla antes de pedirle que haga cualquier cambio.

A sus espaldas, Edward la seguía por el corredor, agazapado como un guerrero al acecho. Vestía camiseta negra, shorts negros, calcetines negros y capa negra. Debajo de un brazo llevaba su viejo arco y un puñado de flechas (de juguete, desde luego —mamá no está loca—; las flechas de Edward sólo tenían ventosas en los extremos). Edward pasó silenciosamente por la puerta sin siquiera mirar hacia nuestro cuarto para ver qué estábamos haciendo Shelley y yo. Tenía la mirada clavada en la espalda de mamá. El Niño Furtivo tenía a su presa en la mira.

Metí dos sostenes, cinco pares de pantaletas y cinco de calcetines en un rincón de mi maleta. Llevaría pocas cosas y usaría la lavadora de la abuela.

—¡Diablos! —Shelley había jalado tanto el cajón de los abrigos que se le había caído sobre el pie. Al parecer, incluso las divas necesitan mostrar algo de compostura.

—Y, *por favor*, no permitas que la tía Gay te haga hacer un millón de cosas para preparar su boda —agregó mamá, mientras pasaba apresuradamente por la puerta cargando en ambos brazos la ropa de Edward—. De veras creo que se ha vuelto loca. Preparar una boda así a los 64 años... ¡qué absurdo! —El Niño Furtivo la seguía de cerca, arco y flecha listos para el disparo.

Abrí el segundo cajón. Camisetas. Todas dobladas cuidadosamente y ordenadas por color. Las más claras a la izquierda, las más oscuras a la derecha. Escogí una de cada color para asegurarme de que todo hiciera juego.

—¿Pueden creer que ya escogió nuestros vestidos de damas de honor? —Y agregó, desde el cuarto de Edward—: ¡Y hace cuatro años que no las ve! ¿Cómo puede pensar que sabe...? ¡Ay, cielos, Edward! ¡Guarda ahora mismo esas flechas! —El Niño Furtivo había atacado.

Tercer cajón. Abrigos. Los favoritos, doblados cuidadosamente a la izquierda. Los sueltos, premenstruales, estilo "no me mires que hoy me siento horrible", a la derecha. Escogí dos de mis favoritos. Esta semana no había peligro de síndrome premenstrual, y según lo que mamá había visto en el canal meteorológico, la temperatura en Old Warden estaría bastante cálida.

—¡*Odio* empacar! —murmuró Shelley. ¡Y no es para menos! Ahora estaba arrodillada en cuatro patas, rescatando desde el fondo del clóset pantalones de mezclilla y camisetas sucias—. ¡Deberé pasarme toda la noche lavando ropa, ya lo verás! —En realidad, yo no tenía intención alguna de verlo.

Cajón inferior. Pantalones y shorts. Esto era fácil. Los shorts exigían rasurado, ¡y *mucho*! Desde los tobillos hasta la entrepierna. En cambio, usar pantalones sólo requería un afeitado superficial para esta noche, y luego un retoque más el día de la boda de la tía Gay. Seleccioné mis tres mejores pares de pantalones de mezclilla. ¡Listo! Ahora, sólo quedaba empacar los artículos de tocador.

¡Paf!

Debo admitirlo. Edward es rápido. Me quité con fuerza la flecha de plástico de la frente y volví a tirársela a mi hermano mientras caminaba por el pasillo. Es cierto: cabía la posibilidad de que me la lanzara nuevamente, pero también podría ir tras Shelley. Y siempre me había preguntado cómo se vería Edward con la cabeza metida en el inodoro.

Nuestro baño. Imaginen un cuarto minúsculo repleto de todos los artículos de belleza que se venden en Walmart, agréguenle una cantidad tal de juguetes para la tina que haría vomitar al Ratón Mickey, y tendrán un panorama bastante certero de lo que era ese cuarto de la casa.

La *mitad* de la tina estaba llena de viejos y descoloridos juguetes para el agua, una de las muchas cosas que obsesionaban a Edward y que, simplemente, *no* podía desechar. Y no olvidemos las canastas: seis, apiñadas en la diminuta encimera, rebosante de maquillajes, productos para el cuidado de la piel y esmaltes de uña de Shelley. Además del secador de pelo, tenacillas para alisar el cabello (para cuando detesta su cabello porque está muy rizado), tenacillas rizadoras (para cuando detesta su cabello porque está muy lacio), cepillos, peines, geles, pasadores para el cabello... A decir verdad, si quisieran saber de qué color es la encimera, necesitarían una pala.

Mamá y yo tenemos un cajón cada una. Y con eso es más que suficiente. Lo que yo necesito desesperadamente son mis pinzas para depilar. Sin ellas, tendría una sola ceja, grande y peluda, como si un hurón me atravesara la frente.

Empaqué mis cosas rápidamente —cepillo, banditas para el cabello, jabón, lo de siempre—, y luego bajé. Mi cepillo de dientes podría esperar hasta después del desayuno de mañana. Hasta entonces, lo mantendría celosamente guardado, como de costumbre, en su lugar seguro en el fondo de mi cajón. En realidad, eso no es tan raro como suena. Es cierto que la mayoría de las personas deja sus cepillos de dientes en la encimera del baño, pero si uno se detiene a pensarlo, en el baño hay un *inodoro*, y cada vez que alguien jala la cadena, las bacterias se esparcen por el aire. ¿Aún creen que es una buena idea tener el cepillo de dientes sobre la encimera, expuesto a las salpicaduras del agua del inodoro? ¡La sola idea me revuelve el estómago! No. Mi cepillo de dientes permanece bien guardado en el fondo de mi cajón. Y se mantiene perfectamente limpio.

¡Toc! ¡Toc! ¡Toc! ¡Toc!

Bajé corriendo los últimos escalones justo a tiempo para ver cómo mamá abría la puerta de calle. Era la Sra. Frieson. Tenía el cabello —o mejor dicho, lo que quedaba de él—, totalmente despeinado hacia arriba por el viento. Su cara estaba al rojo vivo. Llevaba un suéter viejo y holgado que se le deslizaba por los hombros. Mientras con una mano sujetaba su andador, con la otra blandía un dedo artrítico frente a mi madre. Su aspecto no era el de una persona que estaba a punto de tener un derrame cerebral, sino el de alguien que *acababa* de tenerlo.

—Su hijo está en el techo —farfulló—. ¡Y otra vez está *desnudo*!

Capítulo 2

El día más largo de mi vida

Lograr que Edward bajara del techo fue sorprendentemente sencillo. Por una vez, Shelley y yo coincidíamos en que mamá debía llamar al departamento de bomberos para que lo obligaran a bajar a manguerazos. Y considerando todos los problemas que había ocasionado cuando su clase fue a visitar el departamento de bomberos, probablemente lo habrían hecho con gusto. (Lección n.º 1 para todos los hermanos "cerebritos" del mundo: al ir de excursión con la clase, *no* se pasen todo el día interrumpiendo al guía intercalando hechos históricos, y *nunca* se les ocurra pulsar el botón del detector de humo en el pasillo del departamento de bomberos).

De cualquier manera, mamá ignoró nuestra sugerencia, e hizo lo que generalmente hace cuando Edward se pasa de la raya. Puso su cara de enojada —esa que le dibuja un pliegue profundo entre las cejas— y le lanzó un silbido. Sí, como lo oyen: le *silbó* para que bajara del techo. Edward será medio rarito, pero no es ningún tonto. Y hasta *él* sabe que cuando a mamá se le forma ese pliegue en la frente y comienza a silbar, más te vale darte cuenta de lo que hiciste mal y solucionarlo inmediatamente.

Así que ahí estaba yo, un día después, intentando sobrevivir al peor vuelo de ocho horas que jamás hube de soportar en toda mi vida. Es cierto, se trataba del *único* vuelo que había debido tolerar hasta ese momento. Pero para entonces, ya estaba segura de que si alguna vez... *sea cuando fuera*... viajaba en avión otra vez, incluso aunque el avión se estrellara en el Ártico y todos termináramos devorados vivos por osos polares, el vuelo a Inglaterra *seguiría siendo* la peor experiencia de toda mi vida.

¿Piensan que soy exagerada? Se equivocan. Pero como no deseo ahondar en los hechos, sólo les daré un breve resumen de lo sucedido, y ustedes, si lo desean, pueden aportar todos los detalles trágicos que se les ocurran.

2.45 de la mañana

Mamá nos despierta. No con su habitual y dulce voz de *"A levantarse, tesoros. ¡Es hora de ir a la escuela!"*. No, esta vez usó su voz de *"¡Diablos! ¡No oí la alarma! ¡Levántense YA!!!"*, esa voz que inunda todo mi cuerpo con oleadas de adrenalina. La que me hace saltar de la cama con la esperanza de que al hacerlo, ese sonido desaparecerá. La que podría hacer resucitar a los muertos, aunque no logre despertar a Shelley. Con ella, nunca funciona.

Para el momento en que yo había tendido mi cama, me había lavado la cara, y terminado de vestirme, Shelley había... digamos que no había hecho nada, excepto continuar acurrucada bajo las cobijas. Así que mamá tuvo que usar su plan de emergencia. Se inclinó sobre Shelley y le dijo: —Levántate ahora mismo, o enviaré a Edward a que lo haga. —Funcionó de maravillas. Con ella, siempre funciona.

4.00 de la mañana

Despedida emotiva en el aeropuerto. Al menos, para mamá. Edward no tuvo tiempo para el llanterío. Estaba muy ocupado haciendo el inventario de sus cosas —¡otra vez!— para asegurarse de haber empacado todo lo que podría llegar a necesitar para un vuelo de ocho horas. Para ser franca, yo opino que había empacado lo suficiente para un vuelo de 80 horas.

Shelley tampoco tenía lo que se dice "un nudo en la garganta". Estaba muy ocupada examinando cómo iba vestida la gente y comentando a quiénes jamás se les debería haber permitido vestirse solos. ¿Perspicaz? No lo creo, considerando su *propio* atuendo. Estaba tan dormida cuando mamá nos levantó a los gritos que se había puesto la camiseta al revés.

En resumen, la única que lloraba era mamá. Y mientras sacaba de su bolsa pañuelitos de papel raídos, nos bombardeaba con una lluvia de preguntas. Y adivinen quién era la única que le prestaba atención. Acertaron. Yo.

—Monica, ¿estás segura de que tienes los cheques de viajero?

—Sí.

—Y ya te di el número de la sala de enfermería, por si necesitas llamarme, ¿verdad?

—Sí.

—Y me llamarás tan pronto llegues a casa de abuela, para saber que llegaron bien, ¿verdad?

—Sí.

—Y no dejarás que ningún hombre extraño trate de acercarse a ti en el avión, ¿verdad?

—Sí... quiero decir, ¡No, *mamá!*

Al parecer, yo tampoco la estaba escuchando con atención.

De pronto, un agudo chirrido hizo que mamá se diera vuelta. En cuclillas y con la espalda apoyada contra el bebedero, Edward sujetaba fuertemente entre las rodillas su enorme sacapuntas a pilas. Había volcado desprolijamente sobre el piso los lápices de colores —alrededor de 100— de la caja más grande que tenía y, a medida que les afilaba las puntas al máximo, los metía en su bolso de mano tan rápida y torpemente como sus esqueléticos brazos se lo permitían.

Atónitas las tres —mamá, apretujando lo que quedaba de sus pañuelitos, la Diosa de la Moda, luciendo etiquetas al revés, y yo—, sólo atinamos a quedarnos allí, perplejas. Deben entender algo: Edward hace muchas cosas raras, y cuando digo *muchas cosas raras, me refiero exactamente a eso.* Pero esto rayaba en lo estrambótico, incluso tratándose de él. Edward jamás "volcaba" ni "metía" nada así nomás. Edward clasificaba, archivaba, planificaba, organizaba... y si bien tenía apenas 10 años, ya integraba las filas de los llamados "perfeccionistas obsesivos".

De pronto, mamá se inclinó hacia mí y bajó la voz. Se podría decir con bastante certeza que se veía... desesperada.

—Escucha —me dijo—. Sé que de veras deseabas ir a ese campamento científico en agosto. Y sé que te dije que no. Pero eres la única en quien confío para que este viaje tenga un final feliz.

Mirando a Edward y a Shelley, se acercó aún más a mí, hasta que quedamos casi nariz con nariz. —Si logras que tus dos hermanos salgan ilesos de este viaje, y me ayudas a que la abuela se mude al hogar de ancianos, te inscribiré en el campamento todo el mes de agosto. No me importa cuánto cueste.

El corazón me dio un vuelco. ¡Este era mi sueño más ansiado! Un mes —¡todo un mes!— en un campamento en el norte, haciendo experimentos extravagantes con docenas de otros *nerds* de las ciencias. ¡Cuatro semanas completas sin Edward ni Shelley! Cuatro semanas enteras rodeada de niños como yo, en un ambiente donde me sentiría totalmente identificada. ¡Esto era el paraíso!

5.00 de la mañana

Los asistentes de vuelo dieron las indicaciones de rutina sobre qué hacer en caso de accidente (es extraño que nunca mencionen hacerse pis en los pantalones, que ciertamente es lo que *yo* haría). Luego, el piloto anunció que, si bien era muy probable que hubiera turbulencias, "esperaba un vuelo tranquilo". Luego de todo eso, bien... el avión despegó.

Hasta acá, ningún problema, ¿verdad?

5.21 de la mañana

Se equivocan. ¿Vieron esas bolsitas de papel que hay en los aviones para cuando los pasajeros tienen ganas de vomitar? Pues, la verdad es que *NO* son tan grandes como para alguien que devoró el Desayuno Especial en el restaurante del aeropuerto justo antes de abordar el avión.

—Me siento terriblemente mal —masculló Shelley, mientras se inclinaba hacia delante en su asiento—. Creo que me voy a descomponer otra vez.

Y sí, de verdad se veía *pésima*. Haber vomitado —de manera estruendosa y dramática como lo hizo— no había contribuido en nada a mejorar el aspecto de su rostro.

—Te ves bien —le dije. En realidad, no fue una mentira, si consideramos que el término "bien" es bastante impreciso y que, probablemente, habría lucido mucho peor si la hubiera atropellado un camión.

Edward no parecía preocupado por la Súper Hermana Vomitadora, y las turbulencias tampoco parecían molestarle en lo más mínimo. De hecho, hasta se diría que lo estaba disfrutando.

—¿Te gusta este? —me preguntó—. Es una cabra. —Sí. Edward había hecho una cabrita en *origami*, no más grande que una moneda de 25 centavos. Si bien me cortaría la lengua antes de admitirlo en voz alta, mi hermano no sólo era un idiota, sino un idiota talentoso. Su escritorio, su cómoda, su librero... todo su cuarto estaba decorado con *origami* de animalitos, y durante los últimos años, se las había ingeniado para hacerlos cada vez más pequeños, usando un papel especial, muy delgado, y pincitas diminutas para sujetar las pequeñísimas piezas con las que trabajaba.

Como tema para el vuelo, Edward había escogido una granja animal, y ni siquiera Shelley, al trastabillar con sus piernas en su prisa por llegar a tiempo al baño, logró que desacelerara su ritmo por un segundo. Ya había hecho tres diminutos *origamis*: un caballo, un pato y, ahora, una cabra. Sin embargo, lo extraño era que las manos le temblaban un poco, lo cual arruinaba la técnica. Todo lo que había hecho tenía el aspecto de una vaca inflada.

—Se ven muy bonitos, Edward. ¿Qué tal si ahora haces una oveja? —En realidad no me importaba si hacía una oveja, un burro o un perezoso bicéfalo, siempre que se mantuviera ocupado durante las próximas ocho horas.

Edward se inclinó hacia delante sin dejar de sacudir compulsivamente la pierna izquierda, mientras continuaba trabajando como loco con su pequeño cuadradito de papel. Muy pronto, veríamos el nacimiento de otra vaca inflada. Esto lo mantendría ocupado por otros diez minutos como mínimo. Pero lo de la pierna era algo nuevo, y estaba comenzando a enervarme.

8.00 de la mañana

Las turbulencias duraron tres horas. O 180 minutos. O 10,800 segundos, si fuéramos a hablar en estrictos términos técnicos, cosa que francamente prefería. El rostro de Shelley había adquirido un inusual color gris pálido. Tenía el cabello empapado en sudor y totalmente pegado al cuero cabelludo. ¡Y ni hablar de su aliento!

—¡Aj! —se quejó—. Siento ganas de vomitar otra vez.

—Tal vez deberías quedarte en el baño un rato... hasta que te sientas mejor. Y podrías llevar tu cepillo de dientes. —Sí, era una indirecta, claro está. Cualquiera hubiera hecho lo mismo. Su fétido aliento a vómito era como una nube de ácido gigante que invadía invisiblemente mi rostro cada vez que mi hermana exhalaba.

Conteniendo a duras penas el vómito, Shelley se paró de golpe y, a los tropezones, saltó por encima de Edward y de mí, y continuó tambaleante por el pasillo. Era obvio que haberle dado el asiento de la ventanilla había sido un error, pero ahora, después del incidente de la bolsita de papel, nadie estaba dispuesto a cambiárselo.

Gracias a que los pasajeros parados en el pasillo se hicieron a un lado rápidamente (ya todos sabían que "la pechugona tenía un estómago debilucho"), mi hermana logró llegar al baño a tiempo. Pero sin el cepillo de dientes. Ahora, no habría pastillas de menta que me ayudaran. A menos que las usara para taponarme las narices.

Faltaban aún cinco horas —cinco *largas* horas— para llegar a Inglaterra. De pronto, la pierna de Edward se sacudió espasmódicamente y me pateó en la espinilla.

—¿Por qué hiciste *eso*? —le pregunté.

—No lo sé. Me siento raro. —Y también *sonó* raro al decirlo, con voz muy fuerte y demasiado chillona. Algo le sucedía. Sentí un nudo en el estómago. ¿Acaso no podían hacer que el avión volara más de prisa? Si tan solo pudiera dejar a Edward en manos de la abuela antes de que el terrible desastre que se avecinaba sucediera, yo quedaría libre de toda responsabilidad.

La Pechugona con Aliento a Vómito regresó trastabillando del baño y, abalanzándose sobre nosotros, logró acomodarse en su asiento. Abrió el paquetito metalizado que llevaba consigo, sacó una pastilla, y se la tragó.

—¿Qué tomaste? —le pregunté.

—No lo sé. Gravol o algo así. Me lo dio la azafata.

—Ahora les dicen asistentes de vuelo —fue la abrupta corrección de Edward—. Es gracioso si lo piensan... las primeras asistentes de vuelo eran enfermeras... no admitían asistentes hombres... y las obligaban a jubilarse a los 32 años; no se podían casar ni tener hijos; no podían engordar... luego formaron su propio sindicato y...

Estado de la situación: Edward hablaba cada vez más rápido y más fuerte. Su pierna izquierda se movía cada vez más espasmódicamente. ¿Y ahora... también los *brazos*? Sí, efectivamente, ahora también le temblaban los brazos. ¡Socorro!!!

8.05 de la mañana

Nuestra azafata —perdón, asistente de vuelo— se acercó y dijo en tono alegre: —¡Ah, veo que el Gravol está ayudando a tu hermana! —¡Y cómo! La cabeza de Shelley le colgaba sobre su hombro derecho, el más cercano a mí, desde luego. Tenía los ojos a medio cerrar y la boca abierta, pero seguro que muerta no estaba, a juzgar por sus estruendosos ronquidos, que me ahogaban con oleadas de aliento a vómito. Lo bueno es que, al menos, no vomitaría por un buen rato.

—Y tu hermano está... —La azafata aún sonreía, pero su sonrisa se había transformado en una de esas muecas falsas que desaparecen en el mismo instante en que vuelves la espalda.

Con respecto a Edward, continuaba trabajando acaloradamente en otra vaca inflada. De su cabello castaño, ridículamente rizado, sobresalían, de todos los ángulos imaginables, todos los animalitos de *origami* que había hecho en las últimas tres horas, o sea, unas 20 vacas. Algunas estaban aplastadas por haber sido incrustadas alocadamente en el pelo: vacas infladas que habían encontrado su muerte en un mar de rizos castaños.

Como se imaginarán, yo estaba atónita. Edward *nunca* permite que sus *origamis* se arruinen. Aún conservaba los primeros que había hecho cuando estaba en segundo grado (más de 30, pegados debajo de su cama para que mamá no los botara). Y ahora, de repente, de su cabellera colgaban un sinfín de vaquitas destruidas, como si fuera papel picado con forma de animalitos. Sea lo que fuere que le sucedía, ni siquiera el Gravol lo podría ayudar.

8.06 de la mañana

Descubrí qué le había ocurrido.

—Me siento un poco raro —dijo Edward, mientras se retorcía inquieto en su asiento—. Supongo que no debí haber bebido ese café.

—¿Ese *qué*? —De pronto, todo tenía sentido. Un sentido funesto y alarmante.

—Mamá hizo demasiado café esta mañana, y me dijo que botara el resto mientras ella cargaba las maletas en el auto —dijo Edward, intentando poner su mejor cara de "no es mi culpa" (sin lograrlo en absoluto, por supuesto)—. Entonces se me ocurrió probarlo. Y no estaba nada mal, después de agregarle muchísima leche y azúcar. —Ahora, sus brazos se movían de forma insólita, rara, como sacudiéndose. Edward, quien ya es naturalmente hiperactivo y jamás se queda quieto, estaba aún mucho más acelerado por haber ingerido cafeína.

Esto era demasiado. Necesitaba ayuda. Me volví hacia Shelley y le di un fuerte codazo.

Reaccionó con un "¡Ay!", mientras los ojos se le iban hacia arriba y una hebra de baba le caía por el mentón. De moverse un poco menos, pasaría a integrar la categoría de estatua.

—Escúchame —dije, volviéndome hacia Edward, quien ahora tarareaba una melodía mientras se mecía en el asiento—. Si te quedas tranquilo por un par de horas más...

De repente, abrió bien grandes los ojos. —El baño me llama —dijo con voz chillona, mientras se lanzaba a toda velocidad por el pasillo, con las vacas bailándole en el cabello.

La cafeína había hecho efecto, ¡con toda su potencia! Este viaje *no* podría ser peor.

10.15 de la mañana

¡Error! Ahora, la Reina del Vómito y el Rey de la Diarrea se turnaban para salir disparando al baño. Y cuando lograban quedarse sentados, me ponían al tanto —a voz en cuello— sobre cómo morirían. Shelley, aparentemente, deshidratada. Y Edward, de un estallido intestinal.

—Tus intestinos no pueden estallar —le dije, y no exactamente por primera vez.

—¡Escucha el ruido que hacen! —se quejó—. ¿Qué he hecho? Y mi pulso... ¡mi pobre corazón! —Edward había comenzado a controlarse el pulso cada cinco minutos desde su primer ataque de diarrea, y en dos horas, se había convertido en el peor de los hipocondríacos.

11.10 de la mañana

Estaba observando atentamente a Edward, viendo cómo la cafeína exudaba por sus poros, cuando de pronto se me apareció la gran sonrisa de la asistente de viaje, preguntándome con voz alegre si todo estaba bien.

Respiré profundamente. La segunda dosis de Gravol que Shelley había tomado la había enviado nuevamente al país de los sueños, de modo que estaba yo sola. —No, *no* estamos bien. Mi hermano bebió mucho café esta madrugada, y si no logro mantenerlo distraído, causará problemas.

Al parecer, pronuncié las palabras mágicas. De repente, su enorme sonrisa quedó petrificada, y por un momento, no emitió sonido alguno. Había visto los *origamis* de Edward. Lo había sorprendido arreglando por orden alfabético las botellas del carrito de bebidas. Había respondido a sus preguntas —¡innumerables!— sobre adónde iba el agua del inodoro, cómo hacían circular el aire adentro del avión, y cómo higienizaban las almohadas y cobijas. Incluso le había mostrado dónde guardaban la basura cuando Edward comenzó a mostrar señales de preocupación por la posibilidad de que la desecharan por la ventanilla.

En lo personal, yo habría preferido meter la cabeza en una bolsa llena de anguilas vivas a pasar tres horas más con un Edward *cafeinado*, y estaba claro que ella pensaba exactamente lo mismo.

—¿Qué necesitas? —me preguntó—. Haré todo lo que pueda. —Su voz de felicidad se había esfumado. Esta era su voz de "¡Tú mandas!".

—A él le encanta comer. Si continuamos dándole comida, tal vez se calme —le dije—. O, al menos, no hablará tanto. Y permanecerá sentado.

Panecillos, leche, jugos, queso y galletas, ensalada de frutas, helado, galletas dulces... nunca imaginé que hubiera tanta comida en un avión. Como tampoco que Edward pudiera comer tanto.

Era obvio que la asistente de vuelo había dado la alerta de que el niño con vacas en el cabello era inestable, porque absolutamente todos los asistentes de viaje de la tripulación pasaron al menos una vez para traerle un delicioso bocadillo y apaciguar a los Dioses de la Cafeína. Edward se las ingenió a duras penas para aceptar todas las donaciones gastronómicas y, al mismo tiempo, continuar trabajando en sus *origamis*, tomarse el pulso y, ocasionalmente, salir corriendo al baño.

12.00 del mediodía

—¡De veras, Monica, este ha sido el mejor día de mi vida! ¡De *toda* mi vida! —dijo Edward (lo cual me hizo dudar seriamente de que fuéramos de la misma sangre). La avalancha de comida lo había mantenido calmado por casi dos horas, pero aún hablaba con voz muy alta y chillona, y se veía muy agitado. Además, le había aparecido un tic en un ojo, y sus músculos estaban tan tensos que el cuerpo le temblequeaba visiblemente. También sus *origamis* se habían visto afectados. Decía que el último era un pollo, y se había negado a dirigirme la palabra por 20 minutos ante mi comentario de que más bien parecía un animal aplastado en la carretera. Como podrán imaginarse, esos fueron para mí los mejores 20 minutos de todo el vuelo.

De repente, Edward se incorporó y comenzó a gritar: —¡Llegamos, llegamos! —mientras saltaba enloquecido de un lado a otro en su asiento.

Tenía razón. Estábamos circunvolando el aeropuerto de Heathrow, en Londres. Y por primera vez en muchas horas, sentí que finalmente podía respirar con tranquilidad. Muy pronto aterrizaríamos, y yo podría transferir el cuidado de mi hermana drogada y empapada de vómito, y de mi hermano hiperactivo y empapado de cafeína, a mi abuela Flo.

Hacía casi un año que no veíamos a la abuela, y para ser sincera, jamás deseé ver tanto a alguien como esperaba verla a ella.

12.58 de la tarde

Aterrizar llevó una eternidad (bien, fueron 19 minutos, pero *pareció* una eternidad). Luego tuve que buscar la salida, encontrar el área para recoger el equipaje y recuperar nuestras maletas... y todo el tiempo, arrastrando a Shelley detrás de mí y cuidando que Edward no saliera disparado por delante. No sé cómo, pero también me las había ingeniado para cambiar el horario en mi reloj. Eran casi las 6 de la tarde en Inglaterra. Por fortuna, el peor día de mi vida ya casi llegaba a su fin. Y muy pronto tendría mi recompensa: cuatro semanas gloriosas en el campamento científico.

Al llegar a la última salida, nos encontramos con una multitud de gente esperando a los pasajeros. Y en algún lugar estaba la abuela Flo, quien me relevaría de la responsabilidad de cuidar de mis hermanos y le devolvería la calma y la *normalidad* a mi vida.

De pronto, Edward se quedó paralizado, con la boca abierta, pero sin emitir sonido alguno. Shelley permanecía parada detrás de él, igualmente paralizada, con los ojos tan abiertos que parecía haberse electrocutado.

Miraban fijamente a la muchedumbre. Más precisamente, a una señora que nos saludaba agitando alocadamente los brazos. Una señora bajita, de cabellos canosos, con pantalones de cuero rojo brillante, botas al tono, y una camiseta cegadoramente blanca, excepto por letras impresas al rojo vivo que le atravesaban todo el ancho de sus gigantescos pechos con la leyenda: "*¡Bienvenidos a Titty Ho!*"[1]

Era la abuela Flo.

---

[1] N.T.: En inglés informal, la palabra "titty" significa "teta."

Capítulo 3

¡Llamen a los bomberos!

En realidad, no recuerdo el momento en que delegué el cuidado de mis dos hermanos intoxicados a mi abuela. Supongo que, al ver mi expresión de desolación, ella habrá decidido que era necesario tomar las riendas de la situación. Así, en pocos minutos, habíamos logrado escapar de la multitud y acomodarnos confortablemente en el asiento trasero de un taxi.

—¡Esto es fabuloso! —chilló Edward, mientras el auto atravesaba velozmente un semáforo en amarillo. Reprimí un grito. No porque la luz estuviera en amarillo. Al parecer, en Inglaterra los semáforos se ponen de ese color antes de pasar a verde, lo cual indica "comenzar a andar", y no "pisar los frenos", como sucede aquí.

Mi sobresalto se debía a que estábamos conduciendo *¡del lado opuesto de la calle!* Aunque viviera el resto de mi vida en Inglaterra, jamás me acostumbraría al hecho de que en ese país se conduce del lado izquierdo.

¡Pum! ¡Ay! Otro giro más, y cada vez que girábamos a la izquierda, me golpeaba la cabeza contra la ventanilla. Y me la

golpeaba *fuerte*. Era obvio que el taxista no creía en el uso de los frenos, ni siquiera al doblar en las esquinas.

¿Creen que exagero? Bien, imaginen esto: la bolsa de Shelley, que estaba abierta, se había caído al suelo cuando el taxi viró bruscamente al salir del estacionamiento del aeropuerto, y todo el contenido —brillo labial, delineador de ojos, máscara para pestañas, hebillas para el cabello— había salido disparado por los aires, y mi hermana ni siquiera había intentado recogerlo. ¿Por qué? Porque estaba demasiado concentrada en aferrarse a la manija de la puerta con una mano, y al brazo de Edward con la otra. La Reina del Maquillaje estaba tan ocupada intentando mantenerse erguida, que había abandonado sus productos de belleza. ¡*Así* de rápido íbamos!

—¡Esto es fabuloso! —chilló Edward otra vez. Era obvio que yo había escogido el asiento equivocado. Había metido a Edward entre Shelley y yo para alejarme por un momento del Aliento a Vómito. Pero ahora, *él* rebotaba cómodamente entre nosotras como una pelota de tenis, mientras *yo* rebotaba contra la gruesa lámina de vidrio de la ventanilla.

¡*Pum!* Otro giro a la izquierda. Un delineador de labios pasó rodando junto a mis pies.

—Dime, Monica, ¿qué te pareció la camiseta de tu abuela? —preguntó el taxista, volteándose para mirarme con una enorme sonrisa en su rostro, y sólo lo menciono porque noté que le faltaban algunos dientes. En realidad, le faltaban muchos. Tenía unos cuatro arriba y otros cuatro abajo. Se veía como un jerbo.

—Mmm... bueno...yo… —Sí, esa era yo. La Reina de la Buena Gramática. En junio, había obtenido las notas más altas en inglés. Ahora era julio y no podía responder con un simple sí o no.

De pronto, el taxista se echó a reír estridentemente. —Sabes que su camiseta es una broma, ¿verdad? Titty Ho es el nombre de una calle en Raunds, un pueblo a una media hora de la casa de tu abuela. ¡Le regalé esa camiseta porque sabía que a tu tía Gay le disgustaría!

Miré a la abuela, quien asentía con una risita traviesa, mientras sus mentones (tenía dos) se sacudían como locos.

—Clyde es mi vecino —dijo, señalando al jerbo del asiento delantero. Luego se inclinó hacia delante y susurró: —Es un viejo tonto, pero muy bueno. Cambió su turno con otro compañero para traernos del aeropuerto.

Luego volvió a recostarse en el respaldo del asiento, se acomodó la camiseta de modo que las palabras "Titty Ho" quedaban sobre sus... bien, ya saben sobre qué... y señalando los pantalones rojo brillante, agregó: —Tu tía Gay también detesta el cuero. Sólo usa el "pellejo" del poliéster recién sacrificado. ¡Por eso compré estos pantalones!

¡Pum! Otra izquierda. Otra lesión cerebral. Pateé el delineador de labios y un par de tampones hacia el lado de Shelley.

El desdentado gritó desde el asiento delantero: —¡Tu abuela es el alma del vecindario!

—¿La abuela? ¿El alma del...? ¿A qué se refiere? —preguntó Shelley, mientras intentaba sin suerte alcanzar uno de los tampones con un pie. El taxi era *enorme*. Más alto, más ancho y más largo que un taxi común. En la parte posterior había lugar para seis personas, tres mirando hacia delante y tres, hacia atrás. La abuela estaba en el asiento que daba hacia atrás, y había tanto espacio entre nosotras que no creo que hubiera podido llegar a tocarla, ni siquiera extendiendo la pierna por completo. Según la abuela, Inglaterra estaba repleta de este tipo de taxis, aunque dudo de que en los otros hubiera tampones rodando por el piso y niñas de 14 años con contusiones en la cabeza.

—Abuela, ¿por qué te mudarás a un hogar de ancianos? —

preguntó Edward. Así como así, mi hermano lanzó una bomba de palabras. Sin advertencia, sin aviso, sin la posibilidad de poder cerrarle el pico. Así era Edward.

Ella frunció el ceño y cruzó los brazos sobre sus pechos (una tarea nada sencilla, les recuerdo). —No iré a un hogar de ancianos, diga lo que diga esa vieja malhumorada. —Esa "vieja malhumorada" era la tía Gay, su hermana menor, es decir, nuestra *tía abuela,* supongo.

—En Inglaterra, el gobierno te hace vender la casa y darle hasta el último centavo a cambio de encargarse de tu cuidado —dijo—. ¡Es una estafa! Además, yo puedo cuidar muy bien de mí misma, ¿no creen?

Traté de no mirar su camiseta Titty Ho. —Claro que sí, abuela. —Obviamente, mi opinión era que no podía, pero no deseaba hacerla sentir mal. Si mamá decía que la abuela debía ir a un hogar de ancianos, entonces no había nada más que hablar. Además, la ropa que usaba era... ¿cómo decirlo?... Sin duda, la abuela se estaba volviendo senil o algo así.

—Entonces, ¿por qué la tía Gay piensa que necesitas ir a un hogar de ancianos? ¿Qué ocurre? —preguntó Edward. Le lancé una mirada de advertencia. Una mirada de "*Mamá nos dijo que no habláramos del tema, así que cállate antes de que te mate*". Pero, como de costumbre, Edward estaba en su propio mundo de fantasía y no se percató de mis miradas.

—¡Porque se volvió loca! —gritó el jerbo, sobresaltándonos a los cuatro—. Es esa tonta boda. Parece que fuera la Reina Madre, a juzgar por la forma en que se comporta. Se le metió en la cabeza que su abuela está chiflada, pero en mi opinión, la que perdió los estribos es *ella*.

La abuela asintió con la cabeza, mientras pateaba un tubo de máscara para pestañas hacia la bolsa abandonada de Shelley. —No hagan caso a las tonteras que dice su tía —nos advirtió—.

Me manejo perfectamente bien sola, y no me mudaré a ningún lugar.

De pronto, con un chirrido de neumáticos, el auto se detuvo frente a lo que llamaríamos "nuestro hogar" por los próximos nueve días.

Yo había visto fotos de la casa de la abuela (las traía cada verano para que viéramos sus jardines), pero nada podría haberme preparado para la versión real. La abuela Flo vivía en una diminuta casa de campo construida hacía 450 años, con paredes de piedras grises y techo de paja, esos en los que la paja parecería haber sido prolijamente dispuesta y cubierta con malla de alambre. El jardín, rebosante de árboles y arbustos en flor, estaba rodeado por una cerca de piedras cubierta de viñas tan antigua como la casa.

—¡Esto es fabuloso! —chilló Edward, mientras salía del taxi trastabillando sobre mis piernas. Por su parte, Shelley casi me tumba en su apuro por ser la siguiente, aliviada, sin duda, de pisar tierra firme. Clyde se alejó raudamente por el camino, y yo subí de prisa por el sendero de piedras del jardín para unirme a mis hermanos.

Detestaba admitirlo, pero Edward tenía razón. Esto era *verdaderamente* fabuloso. Simplemente perfecto. Hasta la puerta se veía recién pintada y el césped del jardín recién cortado. Me preguntaba por qué mamá pensaba que la abuela no estaba en condiciones de vivir sola, mientras entraba a su pintoresca y encantadora cabaña.

¡Ahhh!

Edward y Shelley se quedaron de pie, petrificados y en silencio, frente a la entrada de la casa.

Se preguntarán por qué. Bien, imagínense la mitad que Shelley ocupa en nuestra habitación, su mitad desorganizada, caótica, abarrotada de cosas. Y ahora, imagínense ese mismo caos pero en el interior de una minúscula casa de 450 años de antigüedad. ¿Suena a desastre? Eso era peor. Mucho, muchísimo peor.

Podía alcanzar a distinguir los cuartos principales de la casa. Desde la sala donde estábamos parados, se veía una pequeña cocina a la derecha, una habitación y un baño a la izquierda, y unos escalones estrechos de madera en la pared posterior que llevaban al ático.

Pero, ¿de qué color eran las paredes? ¿El piso? ¿Los muebles? Era imposible saberlo, porque cada superficie, por minúscula que fuera, estaba cubierta de objetos. Vajillas, frascos, cajas, ropa, cobijas, cuadros, zapatos, libros, botellas, periódicos... y mirándonos fijamente desde el otro lado de este espacio caótico y abarrotado, el perro más grande, negro y peludo que jamás había visto en mi vida.

—¡Un perro! —dijo Shelley, dando un alarido (era increíble la capacidad de mi hermana para comprender lo obvio).

—Ya han visto fotos de Fred —dijo la abuela, riendo—. Traten de no sobresaltarlo. Ya tiene 12 años, y tiene problemas de vejiga. —Retrocedí un paso al ver que Fred avanzaba pesada y lentamente hacia nosotros. Fred es un Terranova de 150 libras de peso, y si había algo que yo *no* deseaba en lo más mínimo era sobresaltar a un can de 150 libras con dificultad para controlar su vejiga. Se podría decir que era una bomba urinaria ambulante.

—¡Es fabuloso! —chilló Edward, mientras se lanzaba por la habitación para abrazar a Fred. Luego, con la gracia y agilidad de una gacela, brincó por sobre una pila de libros, tropezó con una silla, y cayó de bruces, generando un desparramo de gatos —cuatro, como mínimo— que salieron disparados por toda la sala.

—Ese es Gruñón, y aquel es Tímido —dijo la abuela, señalando a los dos gatos que se escurrían por debajo del sofá—. Y aquellos dos son Feliz y Dormilón. —Feliz y Dormilón habían saltado al mostrador de la cocina, y con los lomos arqueados, el pelaje erizado, las orejas hacia atrás, y las colas moviéndose nerviosamente, no se veían precisamente felices o adormilados.

—Creía que sólo tenías dos gatos —dijo Shelley—. Y pensé que se llamaban Mortimer y Rufus.

—Sí, es cierto... pero el invierno pasado aparecieron otros cinco y me dio mucha pena dejarlos ir, así que les puse a todos el nombre de los siete enanitos. —Abuela comenzó a quitar bolsas y cajas del sofá... y las apiló sobre la mesita de la sala. —Además, el nombre que les des a los gatos no tiene gran importancia; nunca vienen cuando los llamas.

—Vayan a desempacar sus cosas, niños —agregó, señalando las escaleras con un movimiento de cabeza—. Luego podrán relajarse mientras preparo un poco de té.

Miré detenidamente el sofá. Supongo que podría sentarme, pero dudo seriamente de que pudiera relajarme. Estaba cubierto de suficiente pelo de mascota como para hacer otro gato... el octavo enanito del cual nunca se supo nada. Y el perro que había originado casi todo este lío yacía desparramado ocupando la mitad del sofá, pero con la vista centrada cautelosamente en Edward, quien corría de un lado a otro de la sala acariciando —y fastidiando— a cada gato que lograba alcanzar.

Yo estaba a punto de subir las escaleras cuando algo blanco que sobresalía de entre los cojines del sofá me llamó la atención. Metí la mano, lo cual, en mi opinión, fue un acto muy audaz de mi parte, y retiré... ¡un sostén! Supongo que era de la abuela. Pero lo más sorprendente es que era el sostén *más grande* que jamás hubiera visto. Me quedé parada allí, atónita, entre celosa y horrorizada. Era del tamaño de dos bolsas de súper unidas lado a lado. Si me hubiera colocado una de las tazas sobre la cabeza, me habría llegado hasta los hombros. Obviamente, no lo hice, sólo es una suposición.

—Su tía Gay ha invitado a 292 personas a su boda, ¿lo pueden creer? —gritó la abuela desde la cocina—. Finalmente logró embaucar a un pobre diablo para que se case con ella, y espera que cada uno de los *292 invitados* le haga un regalo. ¡Ridículo!

Ridículo, sin duda. Que es cómo me sentiría si me pillaran con el sostén más grande del mundo en mis manos. Volví a meterlo de prisa entre los cojines y me dirigí a las escaleras.

—De veras es mucha gente, abuela —respondí, mientras sujetaba firmemente a Edward de un brazo para obligarlo a seguirme. Era imposible predecir qué haría el mocoso si quedaba sin supervisión con un enorme sostén a su alcance, pero estaba casi segura de que en la escena habría, como mínimo, dos gatos muy malhumorados.

Shelley, que ya estaba arriba, se paseaba por el cuarto con aire desconcertado y unas tenacillas rizadoras en la mano. Sin dudas, pensaba que no estaba a la altura de las circunstancias para pasar una velada en la casa de abuela. Y era obvio que, además, el cuarto carecía de tomacorrientes.

El ático era, en realidad, un cuarto enorme con ventanas al nivel del piso. De hecho, tenía que agacharme para poder mirar hacia fuera. Y la pendiente del techo era tan baja que Shelley debía caminar encorvada. La habitación estaba preparada para cuarto de huéspedes, con cuatro camas a lo largo de la pared más larga, pero, al igual que en el piso inferior, cada pulgada estaba cubierta de objetos polvorientos y en desuso.

—¡Encontré uno! —gritó Shelley, mientras retiraba cajas de la pared y enchufaba sus tenacillas en el antiguo tomacorrientes.

—Definitivamente, debemos llevar a la abuela a un asilo de ancianos —comenté.

—*Sabía* que dirías eso —refunfuñó Shelley, mientras quitaba una caja con libros y una silla rota de su cama—. Si alguien no está perfectamente organizado y perfectamente limpio y perfectamente... *perfecto*, tú piensas que hay algo mal con ellos. —Shelley se frotó la nariz, intentando reprimir un estornudo como consecuencia del polvo que se levantaba en el lugar.

—Además, quieres ir a ese tonto campamento científico. Mejor enviar a la abuela al asilo que perdértelo, ¿verdad? —agregó en tono sarcástico.

Shelley debió haber oído lo que mamá me había dicho en el aeropuerto. Pero ahora estaba distorsionando la historia, haciéndome quedar mal a mí, lo cual era totalmente injusto.

—¿Has *visto* este lugar? —le pregunté, señalando al azar a uno y otro lado. Era una forma de decir, pues era obvio que no hacía falta mirar nada en particular para demostrar lo que acababa de decir. —Probablemente, no lo haya limpiado en 20 años. ¿Cómo puede vivir así? ¡Es insalubre!

—Un poco de polvo jamás le hizo mal a nadie. —Shelley se quitó las matas de pelusa adheridas a sus pantalones—. Y si no fueras tan obsesiva, te percatarías de que la abuela está muy bien como está. —De pronto, el gato que Edward sostenía oyó el "llamado de la selva" y enloqueció. Edward, que es muy fanático de la piel y se impresiona si pierde la suya, largó la bola de pelos, trastabilló hacia el costado, y volvió al modo gacela, terminando de cara al suelo.

—¿Ves lo que digo? —le dije, señalando a nuestro hermano—. Este *no* es un lugar seguro para vivir.

—Eres una idiota. —Shelley me dio la espalda y comenzó a rizarse el flequillo. Mi hermana cree que así se gana una discusión, lanzando un mísero insulto y volviendo la espalda.

—Ehhh... Monica... mmm... tal vez tengas razón. —Era Edward. Aún desparramado en el piso, ahora podía ver a la perfección el jardín posterior desde el ventanal a ras del piso.

—¡No! ¡NOOOO! —gritó Shelley, mientras se tambaleaba hacia atrás, sacudiendo la cabeza a uno y otro lado.

—

—¡Monica! —gritó Edward—. ¡Abuela está haciendo pis en los arbustos!

—¡Monica! —gritó Shelley—. *¡Se me incendia el cabello!*

De hecho, estaban sucediendo ambas cosas.

Capítulo 4

¡Ay, qué dolor!

¿Alguna vez sintieron ganas de salir disparando en dos direcciones opuestas al mismo tiempo, y en lugar de ello, terminaron paralizados en el mismo lugar? Bien, *ojalá* hubiera sucedido eso a continuación. ¡Habría sido mucho menos doloroso! La verdad es que ver a la abuela haciendo pis en los arbustos no me causaba ninguna gracia. Aún llevaba los pantalones de cuero ceñidos, de modo que en este caso no era una simple cuestión de "subirse la falda y listo". Por lo tanto, decidí correr hacia Shelley para averiguar por qué le salía humo del cabello. Y en ese preciso instante me estrellé violentamente contra Edward, quien súbitamente se había puesto de pie y se dirigía corriendo hacia la ventana (el muy cobarde intentaba evitar tener que ayudar a Shelley). Después de rebotar uno contra el otro, mi hermano fue a dar directamente al piso de madera, y *yo* me estrellé contra una pila de cajas viejas y polvorientas. Mientras permanecía tendida allí, tratando de recordar los nombres de todos los huesos que probablemente acababa de quebrarme, Shelley asumió, nuevamente, su papel de diva.

—¡Mónica, ven a ayudarme! —chilló en tono histérico, mientras trataba de sofocar el humo de su cabello golpeándose la cabeza contra una almohada. Fui renqueando al otro lado del cuarto, frotándome una pierna. Ya no tenía sentido correr apresuradamente a su rescate. Es cierto que de su cabello aún salían unas volutas de humo, pero se volvían casi imperceptibles detrás de la nube de polvo que levantaba esa almohada, la cual debería de tener por lo menos 100 años de antigüedad. A esa altura, más que una antorcha humana, mi hermana parecía tan solo un peluche humeante.

—¿Cómo ha quedado? ¡Dímelo! —gimió Shelley, mientras se arrancaba mechones de cabello chamuscado.

—Parece como si te hubieras electrocutado —le respondí. Y, en cierto modo, así era. Si bien sólo se había quemado un mechón de pelo, era uno muy grueso, y justo el de adelante. Ahora, en lugar de que el flequillo le cayera prolijamente sobre la frente, lo tenía derecho hacia arriba, y se veía... *crujiente*. Realmente, no encuentro otra palabra más adecuada para describirlo.

—Bien, la abuela ya se subió los pantalones —dijo Edward, en un tono curiosamente serio, mientras bajaba atropelladamente las escaleras. Y como no pensaba estar allí cuando Shelley encontrara un espejo y viera su nuevo *look*, lo seguí cojeando escaleras abajo.

Mi hermano y yo nos escabullimos por la puerta trasera casi al mismo tiempo. Y allí estaba la abuela, luciendo su camiseta Titty Ho y sus pantalones rojo brillante, llenando despreocupadamente unos tazones de plástico con comida para gatos que extraía de una gran bolsa. Se comportaba como si nada hubiera ocurrido, como si nunca se hubiera bajado los pantalones frente a todo el vecindario —o casi—, y como si no hubiera motivo alguno para enviarla a un hogar de ancianos, lo cual, sin duda, era sumamente necesario.

Edward y yo permanecimos allí, observándola en silencio. ¿Qué puedes decirle a alguien que acaba de hacer algo tan estrambótico? ¿Tan raro? ¿Tan estrafalario?

—¿Por qué orinaste en el jardín? —le preguntó Edward. Bien, esa era una opción.

—Para mantener alejados de los canteros a los gatos callejeros —respondió la abuela, mientras colocaba un tazón con comida para gatos junto a su arbusto de lilas—. Si huelen la orina, creen que otro gato ha marcado allí su territorio, y no regresan.

—Mmm... tal vez si dejaras de alimentarlos, no vendrían a merodear —le dije. No, no lo dije para sonar arrogante, y apuesto a que ustedes pensaron lo mismo que yo.

—¡Eso sería una tontería! Necesitan comer —me respondió—. Si no alimentara a estos pequeñitos, ellos... ¡ah, condenado! —Tomando la escoba que estaba apoyada contra la mesa del jardín, comenzó a darle fuertes escobazos a uno de sus grandes arbustos. De pronto, empezaron a volar pétalos de flores por todos lados mientras un gato —el más feo y raquítico que jamás haya visto—, salía de él a toda carrera como disparado por un cañón.

—¡Fuera de aquí, gato miserable! —gritó la abuela—. ¡Deja de hacer caca en mis arbustos!

De pronto, se oyó un gemido agudo, desesperado, proveniente del interior de la casa.

—¡Noooooooo! —Era Shelley. Al parecer, había encontrado un espejo.

Luego de contarle brevemente a la abuela el incidente del cabello en llamas, corrimos apresuradamente al interior de la casa. Menos mal, porque lo que vimos no fue nada agradable: Shelley estaba parada frente al espejo del baño con un cepillo en una mano, las tenacillas rizadoras en la otra, y el flequillo rígido y parado como paja.

La abuela levantó un poco las cejas y frunció los labios con fuerza (como hace la gente cuando trata de verse seria, pero en realidad están a punto de hacerse pis de la risa). Luego, con gran rapidez, se puso en acción.

—No te preocupes, cariño, te arreglaremos el copete en un segundo. —Con cuidado, la abuela le cortó los mechones más chamuscados, o sea... casi todo el flequillo.

—El copete es el flequillo —me susurró Edward, incrustándome fuertemente su codo huesudo—. Así le dicen en Inglaterra.

—No lo entiendo —gimió Shelley—. Utilicé un adaptador, como indicaba la guía.

—Los adaptadores sólo te permiten enchufar los aparatos estadounidenses en los tomacorrientes europeos —dijo la abuela—. El problema es que nuestro voltaje es de 240, y el de ustedes es de 110. Tus tenacillas se recalentaron porque recibieron demasiada electricidad.

—¿Pero cómo me peinaré el flequillo si no puedo usar mis tenacillas rizadoras? —preguntó Shelley.

—Mmm... creo que no deberás preocuparte de ello por algún tiempo, cariño. —Nuevamente, la abuela volvía a repetir ese gesto con los labios, mientras le acomodaba lo que le quedaba de flequillo—. Unas horquillas para el pelo y te verás preciosa. Hasta creo que te ves mejor sin el copete.

Otro doloroso codazo. —Horquillas quiere decir pasadores —me susurró Edward—. Así les dicen en Inglaterra. —Comprarle ese libro sobre cultura británica me había parecido una excelente idea el invierno pasado. Ahora... no estaba tan segura de ello.

No sé cuánto tiempo habríamos permanecido parados allí, admirando el espacio que antes ocupaba el flequillo de Shelley, de no ser por el fuerte portazo de un auto, que nos devolvió a la realidad.

—¡Les apuesto a que es esa vieja malhumorada, la Reina de Old Warden! —murmuró la abuela, mientras arrastraba el cabello chamuscado de Shelley hacia el lavabo, o en dirección general a él (era obvio que la abuela no era fanática de la limpieza).

La tía Gay ni siquiera llamó a la puerta. La abrió enérgicamente y entró a la sala con actitud impetuosa e imponente. Llevaba un vestido rosado con volados, y sombrero, zapatos y bolsa haciendo juego. Era como ver un gran copo de algodón de azúcar rosado del cual emergía la cara arrugada de una anciana.

Traía plasmada en el rostro una de esas sonrisas ostentosas, que parecen querer hacer alarde de una dentadura recién blanqueada, hasta que pisó el charco de pis que Fred había dejado junto a la puerta.

—¡Flo! ¡Tú y tu mugriento perro! —le dijo a la abuela con el ceño fruncido, mientras se limpiaba el zapato de algodón de azúcar en el tapete. —¡No puedo creer que aún tengas a esa cosa!

A lo cual la abuela, lanzando un suspiro, respondió: —Gay, cierra el pico y saluda a tus familiares.

Debo aclarar que yo nunca he sido buena para las charlas triviales. Además, la abuela se había quedado junto a la puerta y, mientras limpiaba el pis del perro, hacía caras tontas por detrás de la tía Gay. Así que la situación era un poco incómoda, como se podrán imaginar. Y como si eso fuera poco, Edward y la abuela terminaron de empeorar la situación escapándose furtivamente hacia el jardín y dejándome plantada con la tía Gay.

—¡Por fin! Hora de tener una charla de mujeres —dijo tía Gay, mientras caminaba tambaleándose torpemente hacia el sofá (algunas personas no deberían usar tacones altos).

—No cabe duda de que mi pobre hermana debe ir a vivir a un hogar de ancianos, ¿no crees? —me preguntó la tía Gay. Shelley me lanzó una mirada fulminante mientras entraba al baño con paso firme.

—

Miré por la ventana. Abuela y Edward se habían envuelto en sábanas que habían tomado del tendedero, y caminaban detrás de Fred, agitando los brazos y pretendiendo que formaban parte de quién sabe qué desfile.

—Tal vez sería mejor, sí —le respondí.

¡Bam! Ah, sí, era Shelley. Mi hermana no se entrometería en la conversación, pero *sí* daría a conocer su opinión cerrando violentamente los cajones de la antigua cómoda del baño de la abuela.

—Bien, sólo debemos convencerla de que eso es lo que hay que hacer. —La tía Gay se acomodó los volados del vestido—. Y apuesto a que a ustedes dos les haría caso, siendo que tú y tu hermana son tan maduras.

¡Bam! Al menos, una de las dos lo era.

—Mamá nunca nos dijo que la casa de la abuela se vería... así. No entiendo por qué no nos advirtió.

—Recuerda, cariño, que tu madre no ha venido a Inglaterra en cuatro años. Dejó de venir desde que tu abuela comenzó a ir a visitarlos a ustedes en los veranos. Estoy segura de que no tiene idea de cómo está la casa ahora. Se horrorizaría, ¿no crees?

¡Bam! Lo que sin duda la horrorizaría sería la condición en la que quedaría la cómoda antigua de la abuela.

Eché otro vistazo por la ventana. Abuela y Edward continuaban con la pantomima del desfile, pero ahora se habían colgado flores del pelo, habían envuelto en sábanas a Fred, y habían incorporado a un par de gatos durante el recorrido. Ahora era un desfile hippie, con bolas de pelos.

La tía Gay se volvió para ver lo que yo miraba, y luego dijo en tono desdeñoso: —Sin duda, Monica, esos dos son un par de chiflados —y agregó—: Ahora sabes a quién sale tu hermano, ¿verdad?

Bien, tal vez esto les suene raro, pero ese comentario me

molestó un poco. Sé que Edward es un pesado, pero es mi hermano. *Yo* sí tengo derecho a insultarlo, pero no una ilustre desconocida con zapatos empapados de orina.

—Bien, es un tanto... diferente, pero eso no significa que haya algo *malo* con él —le respondí abruptamente.

La tía Gay se puso de pie y asumió su mejor expresión de enfado (claramente, una cara que usaba a menudo). —Regresaré en breve para terminar con esto —dijo, mientras caminaba torpemente hacia la puerta de calle—. Espera a que tu madre vea este caos.

Después de que finalmente la tía logró meter su vestido en el auto y marcharse a toda velocidad, me dirigí al jardín para ver qué hacían Edward y la abuela. Shelley me siguió. Al parecer, se había quedado sin cajones que romper.

Fred estaba echado en el medio del césped, profundamente dormido. Los gatos del desfile habían recibido permiso para retirarse, y se paseaban de un lado a otro por la cerca de piedras, seguramente tratando de decidir en qué arbusto orinar. ¿Y la abuela y Edward? Estaban sentados en silencio en la mesa del jardín, jugando ajedrez.

—¡Jaque mate! —dijo la abuela, mientras se recostaba en su asiento y se arreglaba las flores del cabello.

Edward, totalmente desconcertado, permaneció con la mirada fija sobre el tablero. Luego, apoyando la cabeza en las manos, comenzó a refunfuñar con aire frustrado.

Shelley se volvió y me miró insistentemente, casi como desafiándome a establecer contacto visual. *Nadie* jugaba ajedrez con Edward y ganaba. Mamá y yo habíamos estado jugando con él desde que el mocoso tenía siete años, y ninguna de las dos había logrado jamás ganarle un partido. *Jamás*.

—A la abuela, el cerebro le funciona perfectamente bien —dijo Shelley entre dientes.

—Es desorganizada y su casa es un basurero. Vivir así no está bien —le respondí en el mismo tono.

Permanecimos paradas allí, mirándonos mutuamente con el ceño fruncido, esperando a ver quién sería la próxima en hablar. ¡Estaba harta de Shelley y no veía las horas de que llegara agosto para alejarme de ella!

De pronto, la abuela batió palmas y se levantó diciendo: —¡Hora del té! Supongo que estarán exhaustos, niños.

Es cierto. Había estado tan ocupada que no había tenido tiempo de notarlo, pero me sentía verdaderamente cansada. Tanto, que ni siquiera deseaba una taza de té. De modo que, mientras Edward seguía a la abuela por la cocina tratando de convencerla de jugar un partido de revancha, y Shelley intentaba en el baño que su flequillo volviera a crecer, me dirigí trastabillando al ático para irme a la cama.

¿Suena simple? Nada más lejos de la verdad. Shelley ya se había adueñado de la cama con la silla rota y la caja con libros sobre ella. Y Edward había dejado su maleta sobre la cama con una gran pila de cobijas extras (unas 20, a juzgar por la altura de la cama).

Mis opciones eran la cama junto a la ventana, que estaba repleta de viejas cajas polvorientas, o la que estaba junto a las escaleras, que tenía una gran hendidura en el medio —una hendidura llena de pelos negros—. Probablemente era de alguno de los gatos, pero también podría haber sido de un perro callejero, un zorrino, o un mapache rabioso... realmente, no habría forma de saberlo hasta que el dueño de los pelos regresara nuevamente a la cama en el medio de la noche. Lancé un suspiro y comencé a quitar las cajas de la cama junto a la ventana.

Y no me habría llevado mucho tiempo hacerlo... si no me hubiera caído en el agujero.

Capítulo 5

El triste final del cepillo de dientes

Si me preguntaran cómo reaccionaría al caer de repente en un pozo, diría que extendería los brazos hacia delante para amortiguar la caída. Si bien eso suena lógico, no fue lo que sucedió.

Cuando pisé la cubierta de madera contrachapada y la rompí, mi pierna izquierda atravesó bruscamente el agujero del piso, y sólo atiné a levantar los brazos por sobre la cabeza, como si fueran dos pájaros aleteando asustados. No hice nada de nada para frenar la caída, de modo que no es de sorprender que quedara atascada en el orificio del piso hasta la altura de la entrepierna (¡lo cual fue increíblemente doloroso!), con la pierna izquierda colgando hacia abajo directamente en dirección a la sala, y la derecha en ángulo recto, apoyada delante de mí sobre el piso del cuarto.

Las bailarinas pasan años tratando de perfeccionar poses como esa, y yo lo logré en cuestión de segundos, si bien había una buena probabilidad de que jamás pudiera tener hijos. Si suponen que esto fue lo más tonto que hice en todo el viaje, se equivocan. Pero de eso me ocuparé más adelante.

—¡Santo Dios! —oí exclamar a la abuela, mientras subía apresuradamente las escaleras con Shelley.

Edward no las siguió. En su lugar, corrió a la sala y comenzó a hablarle a la pierna que me colgaba del techo sobre este sorprendente giro de los acontecimientos. Mi hermano le explicó a mi pierna por qué había un agujero tan grande en el piso (el lunático que había sido el propietario de la casa 60 años atrás, quería que la chimenea calentara más el piso superior) y le dijo lo frecuente que es que se produzcan amputaciones durante accidentes caseros de seriedad (muy frecuente). También dijo otras cosas, pero yo no lo estaba escuchando. Estaba muy ocupada moviendo la pierna a uno y otro lado, intentando patearle la cabeza. Realmente necesitaba tomarme un descanso de mi hermano. Era verdaderamente *imperioso* lograr ir a ese campamento científico.

Luego de ayudarme a salir del agujero, la abuela desenterró su botiquín de primeros auxilios, que resultó ser casi tan viejo como ella —es decir, 77 años, por si no lo había dicho antes—. La vieja caja oxidada estaba repleta de TCP (un antiséptico parecido al alcohol), cinta adhesiva quirúrgica (totalmente inútil, dado que no había gasas) y, curiosamente, una botella de coñac. Fingí que la pierna no me dolía y me arrastré hasta la cama. A decir verdad, me dolía muchísimo, pero no tenía caso darle demasiadas vueltas al asunto.

Nada idiotiza tanto a las células del cerebro como seis horas mal dormidas. Y gracias a los siete enanitos, eso es exactamente lo que obtuve. Gruñón, Tontín, Feliz, Estornudo, Doc... uno por uno fueron saltando sobre mi cama, intentando dormir sobre mi cabeza. Y, uno por uno, los lancé nuevamente al piso.

Finalmente, cuando estaba a punto de dormirme, sentí una brisa en la cara. Una brisa tibia. Tibia y fétida. Abrí los ojos con dificultad, y vi otro par de ojos mirándome fijamente. Era Fred.

Estaba parado junto a la cama, con la cabeza apoyada en mi almohada y la nariz casi tocando la mía, mientras un grueso hilo de baba le colgaba de la boca. Tan pronto me vio abrir los ojos, lanzó un gruñido, y con una sorprendente dosis de energía para un perro de su edad, saltó a mi cama y me dio un empujón. En un abrir y cerrar de ojos, me encontré en el suelo, mientras Fred, mirándome fija y plácidamente, usurpaba a sus anchas toda la cama. Así fue como descubrí que Fred tenía una gran inclinación a adueñarse de las camas a su antojo.

Me puse de pie lentamente y verifiqué si me había lastimado. Y si bien me hubiera encantado tener algo de qué protestar, la verdad es que no había ningún motivo. Mi pierna izquierda estaba magullada por la caída sobre las cajas y despellejada por la caída en el agujero. Salvo eso, me sentía bien. Es decir, hasta que me volví hacia el lado equivocado y me di la cabeza contra la pendiente del techo.

¡Paf! De acuerdo, sé que no estaba lo que se diría despierta. La falta de sueño y el cambio de horario son una combinación fatal. Debería ser más cuidadosa o terminaría atropellada por un autobús.

Pasé de puntillas junto a Shelley, quien aún dormía. Era todo un espectáculo verla tendida de espaldas con la boca abierta y el flequillo chamuscado y parado, como una pequeña antena de radio. Seguramente, su peinado no aparecería en la portada de *Seventeen* en un futuro próximo.

¿Y Edward? Su cama era un revoltijo, y parecía que había usado las 20 cobijas, pero no se lo veía por ningún lado.

—¡Oh, nooooooo....! —El gemido desesperado de Edward se escuchó desde abajo. Era obvio que había logrado engatusar a la abuela para jugar un partido de ajedrez a primera hora de la mañana. También era obvio que había perdido, para variar.

—La gente estúpida no es la única que puede ser egoísta, ¿sabes? —Genial. Shelley ya estaba lo suficientemente despierta como para comenzar nuevamente a amargarme la vida. Se revolcaba en la cama como un gato dentro de una bolsa, intentando desenredarse de las sábanas. —La viste jugar ajedrez. Sabes que no hay ningún problema con su cerebro. Si no fuera por ese campamento científico al que quieres ir, tratarías de detener esto.

—No es verdad —le respondí, mirando por una de las ventanas bajas, polvorientas y grasosas—. Nadie debería vivir así.

—Nadie debería *juzgar* a la gente que vive así —me respondió Shelley.

No logré encontrar una respuesta adecuada para rebatirle el argumento, así que tomé mi cepillo de dientes y bajé torpemente las escaleras, apoyándome en la pared (mis extremidades aún estaban tiesas). Y allí estaban, la abuela y Edward, doblados sobre el tablero de ajedrez en la mesa de la cocina. Edward tenía puesto un flamante par de pijamas de Superman, y la abuela llevaba... ¿pijamas de Superman? Nuestra abuela, probablemente la anciana con los pechos más enormes del mundo, llevaba puestos unos pijamas con una capa larga hasta el piso.

—Buenos días, Monica —me saludó alegremente, mientras se servía otra taza de té—. Le cosí a Edward unos *jimjams* para hacer juego con los míos cuando vinieran.

—*Jimjams* son pijamas —me dijo Edward—. Así les dicen en Inglaterra.

—Iré... iré a lavarme los dientes. —Giré y me dirigí al baño. Aún no estaba lista para hablar, especialmente con dos súper héroes comiendo galletas de chocolate y jugando al ajedrez a las 7 de la mañana.

La abuela miró a Edward y levantó las cejas. —¿Monica se lava los dientes *antes* del desayuno? —le preguntó.

Mi hermano meneó la cabeza y asumió esa expresión de "hombre de mundo sabelotodo" que aborrezco. —Eso es sólo la punta del iceberg —dijo el mocoso atrevido, mientras se acomodaba la capa—. No sabes lo obsesiva que es. —No tenía la energía para matarlo, así que deseé secretamente que perdiera el próximo partido de ajedrez, lo cual para Edward habría significado prácticamente lo mismo.

Entré al baño con cuidado. Detesto los baños. Incluso aunque estén súper limpios, no son lugares particularmente higiénicos. Y la casa de la abuela no se destacaba precisamente por su limpieza. No me atrevo a describir el cuarto de baño, así que sólo imaginen algo "mugriento, roñoso y atestado de cosas", y tendrán una idea bastante acertada del estado en el que se encontraba.

Estaba parada junto a la mesada del baño, buscando un lugar seguro donde ocultar mi cepillo de dientes para que el agua del inodoro no salpicara sobre él, cuando Fred abrió la puerta empujándola con su enorme cabeza. Luego, actuando como si nada, se movió pesadamente hacia el inodoro y, con el mismo hocico que usaba para adueñarse de las camas, ¡comenzó a *beber el agua!* El perro que había respirado junto a mi cara y babeado en mi cama estaba tomando agua del inodoro. Ahora me vería obligada a carbonizar mi almohada.

Con una pierna, le empujé con cuidado la cabeza para alejarla de la taza del inodoro y bajé la tapa (usando un pie, desde luego, ya que los asientos de los inodoros son sumamente antihigiénicos). Fred sólo atinó a mirarme, levantó la tapa y comenzó a beber nuevamente. Entonces volví a empujarle la cabeza y bajé la tapa. Entonces él... bien, no los aburriré con los detalles. Esta es la versión abreviada: tuve una lucha de poderes con un perro incontinente de 12 años... y salí derrotada.

Cuando me di cuenta de que no tenía caso, envolví mi cepillo de dientes en una toalla facial limpia y lo coloqué detrás del procesador de alimentos que estaba junto al lavabo (no, no tenía idea por qué estaba allí). No era el lugar ideal para guardar un cepillo de dientes, pero por el momento no había otra solución, ya que era muy poco probable que hubiera lugar para mis cosas en alguno de los cajones, y tampoco tenía intenciones de abrirlos para averiguarlo.

Acababa de salir del baño —la viva imagen del *glamour*, con mis pijamas arrugados, la cara sin lavar, y el pelo desgreñado—, cuando la puerta de calle se abrió súbitamente. Era la tía Gay. Sin duda, no tenía por costumbre llamar antes de entrar.

Mirarla era casi doloroso. Llevaba una falda y una blusa de un amarillo brillante (cubierta con volados, desde luego). Y no me sorprendió en lo más mínimo ver que sus zapatos, bolsa y enorme sombrero de flores hicieran juego con su atuendo. Parecía como si hubiera sido atacada por un gran manojo de narcisos enfurecidos. Comenzaba a preguntarme cómo sería su vestido de boda.

Llevaba una gran bolsa de papel y, sin siquiera detenerse a saludar, se dirigió a paso firme hacia la mesa de la cocina y comenzó a sacar... vitaminas. Habrá sacado unos ocho frascos diferentes.

—Te traigo un buen surtido ahora, antes de la boda, porque *no* tendré tiempo de ocuparme de estas cosas cuando esté en mi luna de miel —le dijo tía Gay a la abuela—. Debes tomar una de cada una todos los días, y hazme el favor: tómalas con alimentos, para que se absorban correctamente.

—No sé para qué te molestas con estas boberías —le respondió la abuela, mientras mordisqueaba una galleta dulce y miraba a Edward disponer el tablero de ajedrez para su próxima ronda de tortura—. Sabes que sólo tomo un puñado de ellas cuando me acuerdo de hacerlo.

Las mejillas de la tía Gay se tiñeron de un rojizo intenso, lo cual no se hubiera visto mal, excepto que chocaba un poco con el tema de los narcisos.

—¡Eres imposible! —le dijo—. Tu dieta es malísima y bebes demasiado. ¡Necesitas tomar vitaminas, o te morirás, ya lo verás!

—Dudo que pueda ver algo una vez que esté muerta. —Abuela movió su primer peón—. Y tomar algunos puñados al azar de vez en cuando me ha funcionado muy bien hasta el momento.

—¡Ah, eres tan... grrrrrrrrrr! ¡Toma las vitaminas, vieja testaruda! —La tía Gay salió furiosa, cerrando la puerta tras ella con un gran portazo.

La abuela terminó de comer su galleta mientras su hermana se alejaba de la casa a toda prisa en su automóvil. Luego, abrió los frascos de vitamina y tomó cuidadosamente una píldora de cada uno de ellos.

—¡Abuela! —le dijo Edward—. ¿Por qué le dijiste a la tía Gay que las tomabas al azar? ¿Se lo dices para hacerla enfadar?

Abuela frunció el ceño. —Es una bruja mandona que desea tener el control de todo, y piensa que sólo porque es más joven que yo, puede dirigirme la vida —dijo la abuela.

—Las hermanas menores son idiotas —murmuró Shelley, mientras bajaba torpemente las escaleras, apoyándose en la pared. Tenía los ojos hinchados y enrojecidos, las mejillas manchadas de máscara para pestañas, y el cabello apuntando en todas direcciones. Shelley no era mañanera. Tampoco era muy buena por las tardes o las noches, pero eso es un tema aparte.

—¡Jaque mate! —La abuela tomó otra galleta dulce mientras Edward se tomaba el pecho con las manos y se lanzaba al suelo desde la silla, con gesto melodramático. Los gatos dispararon en todas direcciones mientras mi hermano yacía tendido allí, quejándose de su suerte.

—¡Se me acaba de ocurrir una idea excelente!—dijo Shelley, quien jamás había tenido una idea excelente en toda su vida—. La tía Gay supone que mamá querrá enviarte a un hogar de ancianos cuando vea tu casa. Pero si la ordenamos antes de que llegue, mamá se dará cuenta de que tu *sí* puedes cuidar bien de ti misma.

Le lancé a Shelley una mirada fulminante con la esperanza de que ella también me mirara para poder perforarle un agujero en la cabeza. No tuve suerte. Había logrado bajar todos los escalones, pero ahora estaba sentada en el piso con los ojos medio cerrados y las piernas totalmente despatarradas. Una sonrisa se dibujó en el rostro de la abuela. —Suena divertido —dijo, mientras se recostaba en su silla y apoyaba su taza de té sobre sus grandes pechos—. Aspirar este lugar no debería llevar más que un par de horas.

Horrorizada, recorrí la sala con los ojos —cajas, bolsas, suciedad, caos— mientras Edward volvía a treparse a su silla lentamente.

—Aspirar —dijo mi hermano en voz debilucha—, significa pasarle la aspiradora. Así lo llaman estos astutos fanáticos británicos del ajedrez.

De pronto, Shelley se espabiló y sonrió.

—Mira eso, Monica.

—¿Qué? —Como podrán imaginar, tenía mis sospechas. Shelley nunca sonreía antes del mediodía.

Señaló a Fred, quien estaba despatarrado en la alfombra de la sala, masticando algo.

—¿No es ese tu cepillo de dientes?

Capítulo 6

El colinabo no es sólo un vegetal

Por desgracia, *era* mi cepillo de dientes. Y, aún después de restregarlo repetidamente con un gel bactericida que siempre llevaba en mi bolsa, no me atreví a usarlo. Sabía que en algún lugar, enterrado en las profundidades de esas cerdas, habitaría una microscópica partícula de baba de perro. Así que el cepillo fue a parar a la basura, y lo reemplacé por otro proveniente del armario donde la abuela guardaba artículos de tocador.

—Lo guardaba para Edward —dijo la abuela, en tono de disculpa.

—Está bien, abuela. —Envolví mi nuevo cepillo del Pato Lucas en una toalla limpia y lo guardé en mi bolsillo trasero. Y de veras *estaba bien*. Ni siquiera me habría importado si el tonto cepillo tenía adherida toda una colección de caricaturas. Lo único que importaba era que el Pato Lucas nunca había estado en la boca de Fred.

Yo ya me había vestido, tendido mi cama, cepillado el cabello y lavado la cara. Shelley acababa de despertarse apenas lo suficiente como para darse cuenta de que estaba sentada en pijamas en los escalones de abajo. Entonces la abuela nos llamó para desayunar.

Con solo ver lo que había en la mesa, comprendí por qué la tía Gay se tomaba tan en serio el tema de las vitaminas. Hay muchas cosas que me resultaría normal ver en un desayuno a las 8 de la mañana (pan tostado, huevos, frutas), pero… ¿un pastel lleno de velas encendidas, una enorme caja de helado y sombreros de fiestas? ¡Eso sí que fue una gran sorpresa!

—¡Estamos celebrando una fiesta de cumpleaños sin cumpleaños! —dijo la abuela, mientras se ajustaba el elástico del sombrero—. No conozco a nadie que cumpla años este mes, ¡de modo que celebraremos el cumpleaños de *Nadie*!

Apuesto a que estarán pensando que me resultó extraño colocarme el sombrero, cantarle el feliz cumpleaños a *Nadie* y comer un gigantesco plato de pastel y helado a primera hora de la mañana. Bien, se equivocan. Me encanta lo dulce. Daría la vida por lo dulce. Si alguna vez me enterara de que tengo una semana de vida, todo lo que comería —durante los siete días— sería azúcar.

Comí tanto que creí que vomitaría. Edward comió tanto que *sí* vomitó (mi hermano nunca se da cuenta de cuándo está satisfecho).

En cuanto a Shelley, sólo se limitó a permanecer allí sentada, luciendo totalmente ridícula. Había olvidado cepillarse el cabello, que sobresalía como paja apelmazada por debajo de su sombrero. Al pastel prácticamente lo ignoró, pero a mí no.

—Estás intentando salirte con la tuya para poder hacer ese estúpido viaje —me susurró.

—Eso no es justo. Sabes que no es saludable vivir así —le respondí por lo bajo—. Además, ¿por qué te importa tanto?

—Porque para mí, es más importante que la abuela sea feliz

a que tú te salgas con la tuya—. Shelley me lanzó una mirada gélida. Tuve una sensación desagradable en el estómago. Probablemente, demasiado pastel.

—Pero *tú* también estás intentando salirte con la tuya. ¿Cuál es la diferencia?

—La diferencia —dijo Shelley, mirándome fríamente—, es que *yo* estoy tratando de ayudar a que la abuela consiga lo que *ella* desea, mientras que *tú* estás intentando conseguir lo que *tú* deseas.

Sabía que no era verdad. Pero dicho de esa forma, sonaba muy cruel y egoísta.

Negué enfáticamente con la cabeza, y luego me volví hacia la abuela, quien en ese momento estaba muy ocupada explicándole a Edward por qué este era, en realidad, un desayuno muy saludable. —El pastel está hecho con huevos, y esto es helado de fresas, de modo que no sólo contiene lácteos *sino también* frutas.

Asimismo, se apresuró a explicarle por qué no deberíamos mencionar esto a la tía Gay. —¡Me mataría! —dijo la abuela, mientras cargaba por segunda vez el plato de Fred.

La limpieza fue muy rápida, ya que para la abuela, lavar los platos equivalía a apilarlos en el fregadero encima de la pila ya existente de platos sucios. Me quedé perpleja, en silencio, con la mirada fija en el trabajo que nos esperaba. El lugar estaba atestado de basura, casi hasta el techo, sin exagerar. Era obvio que sería una tarea imposible.

—Bien. Regreso en un segundo —dijo la abuela, mientras salía con paso decidido por la puerta del frente—. Es mejor que los tres comiencen ahora, porque la vieja malhumorada regresará esta noche, y querrán sorprenderla, ¿verdad?

Shelley se dio vuelta y me enfrentó, con migajas de pastel aún colgando de sus pijamas y el sombrero deslizándosele hacia un costado. —¿La abuela piensa que podemos limpiar la casa en un día?

Me quedé mirándola atónita por unos segundos. Este sí que era un nuevo nivel de idiotez de Shelley. —¡Esta fue *tu* idea! —le recordé.

—Bueno, sí, pero no pensé que... bien... supuse que tendríamos más tiempo para... no creí que... yo.... —Así comenzó un interminable día de limpieza y reorganización. Y lo peor es que lo tuve que pasar con mi hermana, quien no sabía cómo armar una simple oración, y con mi hermano, quien no sabía cómo cerrar la boca.

—¡Miren lo que encontré! —gritó Edward. Sostenía un libro en el aire, y al sacudirlo, salió revoloteando de su interior... dinero—. Son 35 libras esterlinas. ¡Eso equivale a unos 56 dólares estadounidenses! —agregó, agitando los billetes frente a mi cara.

El corazón me dio un vuelco cuando Edward levantó otro libro y lo sacudió con actitud decidida. Nuevamente, de entre sus páginas salió más dinero, acompañado de una densa nube de polvo.

—¿Por qué oculta así el dinero? —dijo Shelley con un alarido (nadie podía aumentar el nivel de estrés de una situación más rápidamente que Shelley)—. Es decir... ¿esto significa... que deberemos controlar *cada cosa* que desechemos?

—Sólo los libros, cariño —le respondió la abuela. No bromeaba al decir que regresaría en un segundo—. Allí es donde oculto el dinero. Ya no se puede confiar en los bancos.

Edward ya estaba disfrutando a pleno de la nueva rutina: escogía un libro, lo sacudía, chillaba si salía dinero, y se abalanzaba sobre el próximo. Debía admitir que estaba manejando la situación muy bien, pero si continuaba haciendo ese estúpido sonido, me vería obligada a asesinarlo.

De pronto, una gran sombra invadió la sala. Clyde, el taxista vecino, estaba parado en la puerta, con su imponente estatura y una enorme sonrisa en su boca desdentada.

—Su abuela me dice que tienen algunas donaciones para mi próximo mercadillo —dijo, con voz resonante.

—Un mercadillo es como una venta de garaje —dijo Edward, por detrás de una nube de polvo y billetes danzantes—. Pero en Inglaterra, en lugar de vender las cosas en el frente de las casas, alquilan puestos en grandes mercados de pulgas.

—A Clyde le encantan los mercadillos; va una vez por mes —dijo la abuela—. Si pueden llenar algunas cajas para las tres de la tarde, las pondrá a la venta mañana mismo.

Bien, les diré algo: jamás me moví tan rápido en mi vida. Ropa vieja, baratijas, libros (sin el dinero, desde luego), aparatos inútiles de cocina, muebles descoloridos, herramientas oxidadas... todos los trastos viejos que logramos encontrar salieron por la puerta del frente tan rápido como pudimos empacarlos.

Todo iba de maravillas. El problema era la rara mueca en el rostro de la abuela. Es cierto que sonreía, pero su sonrisa transmitía un dejo de tristeza, y yo no creía poder fingir mucho tiempo más que no lo notaba.

—¿Qué sucede, abuela? ¿Deseabas quedarte con estas cosas?

Por favor, di que no... por favor, di que no... por favor, di que no...

—Bien, supongo que con algunas —respondió, mientras observaba a Shelley quitar una cortina de baño enmohecida de abajo de las escaleras—. Sé que para ustedes son sólo trastos viejos, pero aquí hay verdaderos tesoros ocultos.

—No parecen trastos viejos —mentí—. ¿Quieres que nos detengamos para que tú revises primero las cosas?

Por favor, di que no... por favor, di que no... por favor, di que no...

—¡Sí, cariño, gracias! Me tomará sólo un minuto rescatar los objetos más valiosos —dijo, mientras revolvía las cosas en un viejo baúl destartalado—. ¡Como esto! —agregó con una sonrisa, mientras levantaba lo que parecía ser una vieja y desvencijada casa de muñecas, excepto que estaba llena de pequeños trozos de madera moldeados y pintados como si fueran... carne.

—¡Ahhhh! Eso es un modelo de una carnicería inglesa tradicional. ¡Debe tener más de 100 años de antigüedad! —Edward, quitándose las telas de araña del cabello, se acercó para verlo mejor—. Los padres se las regalaban a sus hijas en la época victoriana para enseñarles los distintos cortes de carne; las niñas debían aprender cosas como esas antes de casarse.

No se dejen impresionar demasiado. Si bien es cierto que Edward era un fanático de la historia, también estaba parado allí con el enorme sostén de la abuela amarrado alrededor de su cintura, como si fuera una cangurera doble, y usaba las copas —que le llegaban hasta sus huesudas rodillas— para guardar el dinero que encontraba en su rutina compulsiva de sacudir cada libro.

—Edward, no podrías haberlo dicho mejor —le dijo la abuela—. Y esta es otra antigüedad, uno de los pocos juguetes con que los niños victorianos podían jugar los domingos. —Abuela levantó una vieja y descolorida arca de Noé, que incluía unos 20 animales. Además de una sorprendente capa de polvo.

—¿Pero cómo podremos terminar hoy si tenemos que revisar cada cosa para saber si debemos conservarla? —preguntó Shelley, en tono compungido y usando su voz más quejosa e irritante.

Todos nos quedamos parados allí, perplejos ante la pregunta.

—Bien —dije con un suspiro—. ¿Qué tal si hacemos una línea de montaje? Abuela, si te paras en la puerta, todo pasará por tus manos, y nada saldrá de aquí a menos que tú lo autorices. Así podrás conservar las cosas que más te gusten.

¿Saben algo? ¡Funcionó de maravillas! La abuela pudo quedarse con sus objetos más preciados: lámparas, cuadros, sillas... todos espantosos (¿quién dijo que lo antiguo es sinónimo de bonito?). Y el resto de los trastos quedó guardado en el galpón de Clyde hasta la venta de la mañana siguiente.

Poco después, la casa de abuela lucía como un verdadero hogar —si bien polvoriento y con pelo por todos lados—, pero al menos ahora podíamos ver las cosas principales (¡como las mesadas o el piso!). Respiré profundamente. Aún tenía esa sensación rara y tensa en el estómago, pero al menos ahora Shelley no podría decir que su hermana era una egoísta. Había hecho algo para ayudar a la abuela.

—Aún sigues siendo egoísta, ¿sabes? Sólo has ayudado para quitarte la culpa de encima —dijo Shelley, mientras pasaba junto a mí en dirección a la cocina (lo cual demostraba, una vez más, que su objetivo en la vida era privarme de toda diversión posible).

Por fortuna, la abuela escogió ese mismo momento para mirar a su alrededor.

—Bien, ahora creo que este lugar se ve perfecto, absolutamente perfecto. ¡Han hecho un excelente trabajo! —La abuela desabrochó la cangurera improvisada de Edward y vació el dinero en un cajón de la cocina—. Fred y yo iremos caminando a nuestro juego de *bridge* de los viernes por la noche con las chicas. Ustedes sólo deben asegurarse de que Colinabo no se meta en problemas hasta que yo regrese en unas pocas horas.

—¿Colinabo? —preguntó Edward.

—¡Ha llegado Colinabo! —bramó Clyde, entrando nuevamente por la puerta del frente.

Se estarán imaginando un vegetal, ¿verdad? O un perro, pequeño y feo, con cara achatada. O quizá un gato melenudo y de mal genio. No. Nada de eso. Colinabo era un loro, uno de esos enormes papagayos. Tenía casi tres pies de largo, un hermoso y brillante plumaje azul y amarillo, y un pico que, como mínimo, podría cortarme el pulgar entero de un solo picotazo.

—Este fin de semana debemos cuidar a Colinabo, porque Clyde estará vendiendo mis cosas —explicó la abuela, mientras Clyde colocaba al enorme loro en el respaldo de una silla de la cocina—. Colinabo adora ver tele, así que ustedes cuatro podrán descansar y cenar juntos en el recibidor mientras yo esté jugando *bridge*.

Edward, Shelley y yo nos quedamos parados en silencio, viendo cómo la abuela y su viejo perro lanudo desaparecían por la puerta. Y cuando tuvimos la certeza de que la abuela *no* abriría de repente la puerta y gritaría "¡Sorpresa!", nos volvimos para mirar más de cerca a... —¡Diablos! ¿Adónde se metió? — pregunté, arrodillándome de prisa para buscar debajo de la mesa.

—Una tele es una televisión. —A Edward le encantaba ser el sabelotodo, incluso durante una crisis—. Y un recibidor es una sala de... *¡Ay, ay! ¡Nooo! ¡Socorro!*

Edward había encontrado a Colinabo. En realidad, sería más exacto decir que Colinabo lo había encontrado a él. El enorme pájaro se había posado sobre la cabeza de mi hermano —luego de haber decidido, probablemente, que su cabello rizado y despeinado sería un excelente nido— y estiraba las alas con lentitud y parsimonia como si fueran asanas de yoga.

—¡Quítamelo de encima! —gritó Edward—. ¡Sus garras son muy filosas!

Era obvio que Shelley no me ayudaría en absoluto, ya que estaba muy ocupada riéndose tontamente y hurgando en su bolsa para encontrar la cámara de fotos. Intenté espantar a Colinabo usando el paraguas de la abuela. Traté de que se desprendiera aguijoneándolo con una cuchara de madera. Incluso probé asustarlo batiéndole un periódico frente a la cara.

Finalmente, me di por vencida. —Siéntate en el sofá —le dije—. La abuela regresará en unas pocas horas. —Lo cual, aparentemente, era lo que Edward debería haber hecho en primer lugar, porque tan pronto como su esquelético trasero tocó los cojines, Colinabo saltó al respaldo del sofá y comenzó a pavonearse a uno y otro lado, como si fuera una modelo de pasarela.

Debo admitir que, después de eso, tuvimos una velada sorprendentemente agradable. Descubrimos que a Colinabo le encanta lamer mantequilla de maní de la cuchara, beber leche chocolatada del vaso, y robar pastel de cumpleaños de los platos ajenos.

En general, todo fue muy bien... hasta que Edward pisó accidentalmente a uno de los siete enanitos.

El gato —estoy segura de que era Tontín— arqueó la espalda y emitió un bufido amenazador dirigido a Edward. Gran error. Colinabo salió volando del sillón en medio de un increíble desparramo de plumas y caspa animal hasta el otro extremo de la habitación y sujetó a Tontín por la cola.

—¡Atrápalo! —gritó Shelley, corriendo hacia el baño y encerrándose con un gran portazo.

—¡Cuidado con las garras! —gritó Edward, mientras desaparecía raudo detrás del sofá y se cubría la cabeza.

—¡Cállense y ayúdenme! —grité yo. Lo sé, lo sé... ya me habían abandonado, pero gritar me hizo sentir un poco mejor.

Miré desesperadamente a mi alrededor en busca de algo con qué pegarle al tonto pájaro. Debía ser algo lo suficientemente grande como para intimidarlo y lograr que soltara a Tontín, pero lo suficientemente suave como para no *lastimarlo*. ¿Y qué fue lo único que pude encontrar? El viejo sostén de la abuela, que había quedado colgado del picaporte de la puerta de su cuarto luego de desprendérselo a Edward.

Con el sostén en la mano, me dirigí corriendo hacia la sala. Colinabo arrastraba a Tontín de la cola por el sofá. El gato, exhausto, intentaba sujetarse con las pezuñas delanteras, mientras sus patas traseras pataleaban alocadamente en el aire. Le pegué a Colinabo con el sostén —una, dos, tal vez tres veces— cuando...

—¿Qué diab...? —Era la abuela. Estaba parada en la puerta de entrada, recargada en pose medio incómoda e inestable sobre Fred.

—¿Qué está sucediendo? —Era la tía Gay, parada detrás de la abuela, mirando la escena y lanzándome una mirada reprobadora.

—¡No... no tuve opción! ¡Colinabo atacó a Tontín! —dije, intentando ocultar el sostén tras mis espaldas (ya se imaginarán lo exitosa que fue esa maniobra).

Señalé al sofá... pero estaba vacío. Colinabo, posado sobre el respaldo de una silla de la cocina, se balanceaba plácidamente hacia delante y hacia atrás, con expresión absolutamente inocente. ¿Y Tontín? Yacía tendido en el suelo, limpiándose el pelaje como si nada hubiese ocurrido.

—¿Acaso todos en esta familia se han vuelto *absolutamente* locos? —preguntó la tía Gay. Lo cual resultaba una pregunta bastante graciosa, viniendo de una mujer con un gran moño amarillo en su camisa y una flor de mal gusto saliéndole del sombrero.

—¡Vamos, no seas tan quisquillosa! —La abuela se dirigió tambaleando al sofá y se dejó caer en él pesadamente. Fred, como si estuviera unido a ella por una cuerda invisible, caminó torpemente detrás de ella y también se dejó caer pesadamente en el suelo, a sus pies. De pronto, Fred lanzó un eructo, y abuela, una gran carcajada.

—¡Estás *borracha*! —dijo la Tía Gay, mirando furiosa a su hermana—. Esa tonta noche de *bridge* no es más que una excusa para hacer el ridículo junto a un grupo de ancianas seniles.

—No más seniles que tú —le respondió la abuela, mientras trataba, con poco éxito, de quitarse los zapatos de una patada—. Y quizá si *tú* te hubieras relajado de vez en cuando, no te habría tomado 64 años encontrar a alguien dispuesto a casarse contigo.

Bien, si era posible que a alguien le estallara la cabeza, ese habría sido el final de la tía Gay. En su lugar, comenzó a caminar como loca hacia uno y otro lado de la habitación, gritando: —¡Estoy *harta* de ti! ¡Has perdido el juicio... estás demasiado vieja para cuidar de ti misma... eres una mugrienta... una borracha... hasta tu *perro* es un borracho...!

Así continuó protestando por largo rato, pero no los aburriré con los detalles. Cuando por fin su auto salió disparado como un bólido de la casa de la abuela, Edward y Shelley comenzaron a asomarse lentamente por detrás de sus escondites.

—Ni siquiera se dio cuenta de lo ordenada que está la casa —dijo Edward. Era cierto. Nos habíamos pasado el día entero limpiando la casa de la abuela... ¡para nada!

Capítulo 7

Una degustación de mal gusto

—La tía Gay está convencida de que no puedes cuidar de ti misma —dijo Shelley, mientras salía del baño en puntas de pie—. ¿Piensas hacer algo al respecto?

Con el ceño fruncido, la abuela intentaba, en vano, arreglarse el cabello. Le gustaba hacerse un rodete, pero ahora, con sus hebras canosas sobresaliéndole por todos lados, se veía como una aspirante a adolescente.

—Cada tiempo a su debida cos... cada cosa debida a su tiem... ¡Bah! ¡Olvídenlo! ¡Ya saben lo que quiero decir! —Y con esas *sabias* palabras, la abuela se levantó pesadamente del sofá y se dirigió al baño. Fred se puso de pie con dificultad y la siguió, balanceando de lado a lado su gigantesco trasero como una casa rodante destartalada y bamboleante.

¡Pum! Fred chocó de cabeza contra la pared. Es verdad que era su leal compañero, pero también es cierto que tenía la inteligencia de un rábano.

Fred sacudió la cabeza —desparramando su viscosa baba a diestra y siniestra— y se desplomó en el piso a sus anchas.

Cuando la abuela salió del baño, pasó por encima de él sin siquiera mirarlo (lo que me dio la pauta de que no era la primera vez que lo hacía). Su cabello —al menos, la mayoría de él— estaba nuevamente recogido en su habitual rodete.

—¿Juegas *bridge* todos los viernes? —le pregunté.

La abuela lanzó una carcajada. —*Solíamos* hacerlo, pero es un juego de ancianas. El año pasado decidimos comenzar a fabricar vino. No se lo dije a tu tía Gay porque *ella* pretende ser abstemia.

Edward se detuvo en la mitad de las escaleras. —¿*Pretende*...? —le preguntó.

—La he visto darle al gin-tonic, tesoro —le dijo la abuela—. Y créeme: no es un espectáculo agradable.

Luego, se dirigió directamente al refrigerador y sacó una rara colección de botellas de vino.

—Mmm... ¿estás segura de que deberías continuar bebiendo esta noche? —le pregunté.

—Oh, no te preocupes. Sólo tendremos una breve sesión de degustación —me respondió, riendo—. Me gustaría tu opinión sobre mis últimas creaciones. No te importará probar unos pocos sorbos de vino, ¿verdad?

No esperó a recibir una respuesta. Llenó un gran tazón con cacahuetes bañados en chocolate ("para limpiarte el paladar entre degustaciones", me explicó), y procedió a descorchar las botellas.

El primer sorbo me resultó fuertísimo. Ya había probado vino anteriormente, pero nada como esto. El alcohol me subió derecho por la nariz como si fuera salsa de rábano picante. Instantáneamente, los ojos me comenzaron a lagrimear y la nariz a chorrear.

—Creo que el contenido de alcohol es un poco alto —dijo la abuela, mientras me alcanzaba un pañuelo de papel—. Me pregunto si utilicé la levadura equivocada en este lote.

Miré a Shelley. Tenía los ojos abiertos de par en par y la nariz enrojecida, como la vez que la desafié a comerse los Vicks VapoRub cuando éramos niñas. Hasta Colinabo había comenzado a estornudar, sin duda arrepintiéndose de haber robado un sorbo del vaso de la abuela.

Terminé mi vaso tan pronto como pude —por fortuna, la abuela sólo lo había llenado hasta la mitad— y observé cómo la abuela descorchaba la próxima botella. Curiosamente, este vino se veía muy similar a un refresco de uvas, y hasta hacía espuma al servirlo. Además, su gusto también se asemejaba mucho al refresco de uvas: dulce, afrutado...

—Este es delicioso. —Intenté reprimir un eructo—. ¡No sabía que el vino podía ser tan sabroso!

—Bien, en realidad no debería ser así —dijo la abuela, mientras vertía un poco de la bebida en un tazón para Colinabo—. Creo que utilicé demasiada azúcar, y por eso la levadura hizo tantas burbujas. En realidad, aún estoy aprendiendo.

—Abuela... —Sentía una opresión en el pecho. Era necesario que habláramos de llevarla a vivir a un hogar de ancianos, pero me aterrorizaba tocar el tema.

—Abuela, yo...

—Monica, lo sé. —La abuela tomó un sorbo de su refresco de uvas y suspiró—. Tu tía Gay piensa que me llegó la hora de ir a un hogar de ancianos, y como fue ella quien ayudó a nuestros hermanos cuando a ellos les llegó su hora, tu madre supone que tu tía debe tener razón.

Miró a los cuatro gatos desparramados a sus anchas en la encimera de la cocina, lamiéndose plácidamente el pelaje. —Y porque a ti te gusta que todo esté limpio y ordenado, no puedes imaginarte viviendo en... *esto*, por lo que también supones que ella debe tener razón. Entonces ahora intentas encontrar alguna manera de convencerme de dejar mi hogar de casi 60 años y mudarme a un lugar donde viven personas que se sientan a esperar la muerte.

Abrí la boca, pero la cerré nuevamente. ¿Qué puedes decir cuando alguien se mete en tu cabeza y te lee la mente? ¿Qué puedes decir cuando lo que has estado pensando suena horriblemente cruel cuando alguien lo dice en voz alta?

Shelley se inclinó y me pegó un codazo. —Excelente manera de arruinar una velada, idiota.

La abuela miró a Shelley, y luego a mí. De pronto, se echó a reír. —¡Es imposible arruinar una velada donde hay vino casero! —dijo, descorchando otra botella.

"¡BURP!", dijo Colinabo, negando con la cabeza. ¡Y es que el vino de la abuela podía hacer eructar hasta a un loro!

Seré totalmente honesta: la siguiente botella de vino era repulsiva. La abuela la clasificó como "blanco seco", pero en mi opinión, se parecía más a jarabe para la tos (si bien bebí el vaso por educación, desde luego). Por fortuna, la abuela tenía una segunda botella de vino de refresco de uvas en el refrigerador, que ayudó a neutralizar el horrible gusto a jarabe que me había dejado el "blanco seco".

—Este es buy buedo, buela —le dije—. Quiedo decid... es budo, bela... —¡Cielos! ¿Qué le ocurría a mi lengua?

La abuela levantó las cejas e intentó reprimir una sonrisa. Shelley ni siquiera trataba de evitarlo, y emitía una risita tonta.

—Buen intento, Monica —dijo Shelley, mientras trataba de embocar un cacahuate de chocolate en su boca. Lamentablemente, al menos para ella, rebotó en uno de sus pómulos y rodó al piso de la sala.

—Monica, ve a abrir la puerta, por favor —dijo la abuela.

¿La puerta? No había escuchado que llamaran, pero si ella quería que atendiera la puerta, eso haría.

Excepto que no pude.

Era algo muy extraño. Podía ponerme de pie. Pero al intentar caminar, mis piernas no tenían idea de qué hacer. Para mover un pie —lo cual es necesario para acercarse a la puerta— debía levantar la rodilla correspondiente y luego impulsar la pierna hacia delante con la esperanza de que aterrizara a una distancia razonable delante de mi cuerpo. El problema es que no siempre lo lograba. Mis movimientos semejaban los de esos robots espásticos que aparecen en esas viejas películas que suelen pasar por la tele de madrugada. Tras varios intentos, finalmente logré llegar a la puerta, pero a pesar de que intentaba por todos los medios hacer girar el picaporte, no sucedía nada.

Ya casi me había dado por vencida cuando, de repente, la puerta se abrió. Y dado que aún tenía la mano apoyada en el picaporte, trastabillé hacia fuera y caí en los brazos del joven más atractivo que había visto en la vida. Era alto, de hombros anchos, cabello oscuro y tupido, enormes ojos color café, y pestañas increíblemente largas. Además, olía maravillosamente bien, como si acabara de salir de una ducha caliente y espumosa, y hubiera decidido ir a mi encuentro y tomarme en sus brazos. Era la perfección absoluta.

Levanté la cabeza para mirarlo profundamente a los ojos, pero mi cabeza, que se bamboleaba como una bola de boliche ensartada en un palo, se inclinó demasiado hacia atrás. Luego de mirar profundamente la parte superior de su cabeza por algunos segundos, intenté otra vez encontrar sus ojos, pero mi bola de boliche se inclinó demasiado hacia delante, y terminé mirando su torso.

—Graziaaas bor... zuj...edar...me —logré balbucearle a su torso. ¡Diablos! Seguía sin poder pronunciar bien las palabras.

—¡Clyde, qué alegría verte! —dijo la abuela desde la sala, invitándolo a entrar.

¿Clyde? ¿El viejo y desdentado taxista con la sonrisa de oreja a oreja? Al parecer, yo estaba sufriendo alucinaciones. Retrocedí para mirarlo mejor, pero tropecé con el marco de la puerta, y me desplomé de cola al piso.

No fue necesario darme vuelta para saber que el sonido que venía de la cocina era de Shelley. Era tal el ataque de risa que tenía que había que rogar que no terminara resoplando como un cerdo, lo cual probablemente sucedería. Por fortuna, la abuela la ignoraba.

—Monica, Shelley, ya han conocido a Clyde —nos dijo—. Bien, este es su hijo. Tiene 16 años. —Yo apenas oía lo que la abuela decía, porque en ese momento, el chico más atractivo que jamás había visto en mi vida estaba ayudándome a ponerme de pie. Me miró a los ojos durante al menos dos segundos (créanme, me sentí en el paraíso) y luego, miró la sala.

De hecho, había mucho que mirar. Edward, quien había permanecido oculto arriba durante nuestra degustación de vino, sacaba la cabeza por el agujero del cielo raso y nos miraba haciendo caras de payaso. Shelley y la abuela estaban desplomadas sobre la mesa, rodeadas de botellas y copas de vino vacías. Y Colinabo...

—¡Oh no, Colinabo! ¿Otra vez? —dijo Clyde hijo. Colinabo caminaba sobre la mesa hacia nosotros, pero con una extraña renquera en su paso, como si estuviera usando un bastón demasiado corto. Y al llegar al borde de la mesa, en lugar de desplegar sus alas y volar grácilmente (como se supone que hacen los pericos), simplemente continuó caminando... en el aire, y fue a dar con el pico contra el piso.

¡Paff! Una nube de plumas se elevó por los aires.

—Veo que han estado probando el vino casero de su abuela —dijo Clyde, sonriendo—. Sólo he venido a decirles que ya recogí mi traje para la boda de su tía, y que vendré solo.

—¿Vendrás a la boda? ¿Sin compañía? —le preguntó Shelley.

De repente, Shelley se levantó de la silla con tanto ímpetu que la tiró al suelo (había bebido mucho vino con gusto a refresco de uvas, y empezaba a notársele). Con paso mesurado, cruzó la sala en dirección a Clyde, contoneando sus grandes pechos al caminar. Se veía como una tonta. Como una golfa. Sí, es cierto, estaba celosa de ella.

Dado que yo no tenía nada que contonear, decidí quedarme sentada y adoptar un aire inteligente. Para ello, me acomodé de manera tal de apoyar un codo sobre la mesa y el mentón sobre la mano. Por desgracia, la mesa estaba más lejos de lo que había calculado y en lugar de apoyarlo, el codo se me resbaló y pasó rozando el borde de la mesa, cayendo abruptamente, con mi cabeza incluida. Y si bien no me di la cara contra la mesa, estuve a un tris de hacerlo.

Por fortuna, Clyde no lo había notado. No había notado nada desde que Shelley había comenzado a aletear sus pestañas y acomodarse el pelo a un lado y al otro.

—¿Dónde trabajas? —le preguntó a Clyde, con voz baja y seductora. ¡Puajj! En fin…sin palabras.

—Aún voy a la escuela, pero trabajo los fines de semana en el taller mecánico Titty Ho —le respondió. Shelley pareció confundida, pero zarandeó nuevamente sus pechos.

—¿Y qué haces allí? —le preguntó.

Por culpa de Colinabo, no tengo idea de qué le respondió, si bien "arreglar automóviles" probablemente habría resumido bien la idea. ¿Alguna vez han visto a un perico treparse a un árbol? Bien, Colinabo estaba trepándose a la pata de la mesa como si fuera un árbol, mordisqueando la madera, dando un paso hacia arriba, mordisqueando la madera, dando otro paso hacia arriba...

con ritmo lento y alcoholizado. Cuando por fin llegó a la mesa, se irguió por completo, batió vigorosamente las alas... y cayó nuevamente de espaldas al suelo.

Colinabo estaba a medio camino en su segundo intento de "escalar" la pata de la mesa cuando Clyde aprovechó el momento para escaparse. —¡Debo irme! —Con una gran sonrisa (¡dirigida a mí!) retrocedió hasta la puerta—. Nos vemos en la boda.

Shelley se quedó de pie, mirando por la ventana, hasta que Clyde desapareció por el camino.

—Ya puedes guardar tus pechos. Acaba de irse. —le dije.

—¡Cállate! —susurró Shelley, mientras se tambaleaba en dirección al sofá. Al parecer, no se sentía mucho mejor que yo.

—Debemos hacer algo —le dije—. Debemos demostrar que la abuela no está loca. ¿Sabes? Tal vez podría quedarse a vivir aquí si tuviera una acompañante permanente. Tal vez a mamá le guste esa idea, y eso la tranquilice. —Y de esa forma, yo aún podría hacer el viaje.

—Yo no estoy loca —dijo la abuela, mirando por entre las botellas de vino vacías—. Y no necesito una acompañante permanente.

—Ay —dijo Shelley.

—Debemos demostrar que la loca es la tía Gay —dije.

—Lo *es* —dijeron las botellas de vino.

—Ay —dijo Shelley.

—Debemos... —No supe qué decir. No soportaba la culpa, pero tampoco toleraba la idea de perderme ese único y glorioso viaje al campamento. Debía haber alguna manera de solucionar este lío.

—¿Saben? Si pudiéramos sorprender a la tía Gay haciendo algo muy raro, entonces mamá dejaría de creerle cuando le dice que la abuela está mal —dije—. ¡Si espiamos a la tía Gay, quizá podamos sorprenderla haciendo algo que la haga verse senil a *ella*!

Edward sacó los brazos por el agujero del cielo raso y comenzó a sacudirlos locamente. —¡Monica, por favor, déjame ayudarlas! ¡He nacido para ser espía!

¡Ya lo creo! Si había algo para lo que Edward era excelente era para espiar a las personas cuando creían que estaban solas. En realidad, era un tanto siniestro.

—Ay —Shelley estaba acurrucada, con las manos sobre el estómago—. Olvídenlo, yo *no* iré.

Desde luego, vino con nosotros. Y eso le sirvió de excusa para seguir con su letanía de quejas.

—Me siento mal —dijo, mientras caminábamos hacia la casa de la tía Gay.

—Creo que voy a vomitar —agregó, mientras cruzábamos en puntas de pie el jardín de la tía Gay.

—Te odio —balbuceó, mientras trepábamos el inmenso árbol de la tía Gay.

Habíamos hecho un considerable progreso, a pesar de las quejas de Shelley. Y estoy convencida de que habríamos descubierto algo muy bueno —algo que habría hecho quedar a la tía Gay como una chiflada total— si tan solo no nos hubieran descubierto.

—¿Qué hacen ahí arriba? —Miré hacia abajo para ver de dónde provenía ese vozarrón. Era del policía que, parado directamente debajo de la rama donde Shelley estaba encaramada, nos alumbraba con su linterna.

El estómago me dio un vuelco cuando Edward comenzó a hablar. —Estamos espiando a nuestra tía abuela —gritó mi hermano—. Queremos hacerla ver como una chiflada para que no envíen a la abuela a la residencia de ancianos. Monica opina que alguien debería venir a vivir con ella para cuidarla, pero eso es porque Monica es una perfeccionista. Shelley no ha servido para nada, pero eso es porque está borracha.

—Yo estoy completam... completam... completamente sobria —dijo Shelley, mientras miraba fijamente al hombre que, no me cabían dudas, estaba a punto de arrojarnos a la cárcel de por vida.

¿Saben? Siempre creí que no existe un problema tan grande que no pueda, de alguna manera, transformarse en algo... infinitamente peor. Y por eso no me extrañó en lo más mínimo que Shelley escogiera ese preciso momento para vomitar.

Capítulo 8

Las resacas no son para cobardes

El silencio. Eso fue lo peor de todo. Si nos hubiera gritado, arrastrado fuera del árbol, y hasta, incluso, *disparado*, habría sido más fácil. Pero no. En lugar de eso, retrocedió tres pasos tranquilamente y se quedó allí de pie, esperando.

Entonces bajamos del árbol con dignidad (al menos, lo intentamos). Luego escuchamos en silencio la perorata que nos dio sobre los peligros de beber en exceso y la importancia de conocer nuestros límites, mientras por su uniforme corrían hilos de vómito morado.

Jamás me había sentido tan culpable, y ni siquiera era *yo* la que había vomitado. De algo estaba totalmente segura: la noche no podría empeorar más.

—¿Pero qué diablos está sucediendo? —Era la tía Gay. Estaba parada en el porche de la casa, envuelta en una mullida bata de cama naranja brillante y un par de pantuflas. Tenía puestos unos enormes tubos verdes en el cabello, y su cara estaba embadurnada con una espesa crema blanca. Parecía uno de esos personajes de los dispensadores de caramelos Pez. Por cierto, uno muy enfadado.

—Por favor, llévenos a la cárcel —le susurró Edward. Pero el policía no respondió. Miraba a la tía Gay atónito y en silencio.

—¡La culpa es de su abuela! —gritó la tía Gay, dirigiéndose a los cuatro, lo cual, pensándolo bien, no era del todo justo—. ¡Esa mujer no puede cuidarse a sí misma, ni a nadie más, para el caso! ¡Es un peligro!

La tía Gay cerró la puerta de entrada con tanta fuerza que hizo vibrar las ventanas. Luego salió con paso airado rumbo a la casa de la abuela, aún vestida con las pantuflas, la bata y los tubos. —De prisa —nos gritó por sobre su hombro—. ¡Esto ya ha sido demasiado!

—Por favor, llévenos a la cárcel —le susurró Edward nuevamente al policía, con la mirada puesta en la tía Gay, quien caminaba con paso firme en dirección a la casa de la abuela.

—No hará falta —le respondió el policía, intentando reprimir una sonrisa—. Me temo que ya tendrán su merecido sin necesidad de que yo intervenga.

Luego de lo cual, se marchó.

Desde luego, lo que la abuela *debió* haber hecho cuando llegamos a su casa era mostrarse avergonzada, disculparse por descuidar a dos adolescentes embriagadas y a un niño hiperactivo, y prometer que jamás volvería a hacerlo.

Pero estamos hablando de la abuela. Lo primero que hizo fue largar una estruendosa carcajada (y no la culpo; ¡tía Gay se veía tan ridícula!). Y lo segundo, bueno... tampoco resultó de mucha ayuda.

—¡Por todos los cielos, Gay, son sólo niños! Todos los niños cometen errores. —La abuela se dejó caer en su silla favorita, mientras Edward subía las escaleras a toda prisa para ocultarse (sin duda, mi hermano no tiene nada de tonto).

—¿*Niños*? ¿*Niños*? Si son lo suficientemente grandes para embriagarse, entonces son lo suficientemente grandes para cuidar de sí mis... no, no, quiero decir... se suponía que *tú* debías cuidar de ellos... es decir... ¡arrrggghh! ¡Eres insoportable!

La tía Gay debe haber necesitado descansar un poco de la perorata que nos estaba dando, porque de pronto dejó de gritar y permaneció parada allí, mirando fijamente la pila de vajilla sucia en el fregadero, los gatos paseándose por la encimera, los periódicos desparramados por toda la mesita de la sala... Luego observó, horrorizada, cómo Colinabo escogía ese preciso instante —verdaderamente, el peor momento posible— para hacer caca en la mesa de la cocina.

—¡Se acabó! —dijo la tía Gay, moviendo la cabeza a uno y otro lado—. Ya he llamado al hogar de ancianos y aceptaron recibirte este martes. Empacaremos tus pertenencias inmediatamente después de la boda.

—Pero, tía Gay, ¿no podríamos conseguirle una acompañante permanente a la abuela? —El corazón me latía con fuerza. Nunca antes había discutido con un dispensador de caramelos enfadado, y juro que era aterrador.

La tía Gay se volvió y me lanzó una mirada gélida. —¿Y en qué ayudaría eso?

—Bueno, quizá así, tanto ella como todos nosotros estaríamos felices sin que deba dejar su hogar.

La tía Gay me miró frunciendo los ojos. —¿*Todos* estaríamos felices? ¿De qué hablas? ¿Sabes lo que cuesta contratar a una acompañante permanente?

—Bueno...sólo intento encontrar una solución favorable para todos. Tal vez si ordenamos la casa de la abuela, y contratamos a alguien que pueda mantenerla en buen estado, no habría necesidad de que se mude a un hogar de ancianos. —Alejé un poco los codos de mi cuerpo, pues las axilas me transpiraban como locas. Me sentía muy incómoda.

La tía Gay movió la cabeza con gesto negativo y disgustado.

—La única forma de que este lugar se vea ordenado sería prendiéndole fuego. *Tú*, mejor que nadie, sabes muy bien que esto es un verdadero desastre. —Dicho lo cual, la tía Gay salió furiosa dando un fuerte portazo, al mejor estilo diva. La casa quedó en silencio.

—Hoy es viernes... la boda de la tía Gay es el lunes —dijo Edward—. En tres días, estaremos empacando las cosas de la abuela.

—¿Sabes, Monica? Estás empeorando las cosas —me dijo Shelley. Casi me había olvidado de ella. Se había apoyado en el refrigerador tan pronto llegamos a la casa y, al igual que un imán sujetando demasiados papeles, había ido deslizándose lentamente hacia abajo. Unas pocas pulgadas más y terminaría sentada en el piso.

—Mamá vendrá tan pronto pueda —le respondí—. Necesitamos demostrarle que podemos arreglar este lugar y conseguir ayuda para la abuela.

—No entiendes absolutamente nada —dijo el "imán"—. Mamá no aceptará contratar a una acompañante permanente. No podemos pagar una. Y tú continúas empecinada en convertir a la abuela en una obsesiva de la limpieza como tú.

—Sólo intento pensar. ¡Cállate y déjame pensar! —Me balanceé de un pie al otro mientras intentaba poner mis ideas en orden.

—¡Estoy harta de esto! —Era nuevamente el "imán"—. Te haces la inocente y la santita, pero lo único que te interesa es ganar ese estúpido viaje científico, y lo sabes.

Miré a la abuela por el rabillo del ojo. —Cállate, Shelley. Sabes que eso no es verdad.

—Claro que lo es. Y ahora te sientes culpable, por eso tratas de encontrar una manera para que mamá esté contenta y tú puedas irte de viaje. No te importa que la abuela no quiera *nada* de esto.

—Shelley, por favor... —¿Acaso se callaría alguna vez? Sentía un nudo en la garganta, y trataba de no llorar.

La verdad era que *sí* deseaba ese viaje, más que nada en el mundo. Si la abuela iba a un hogar de ancianos, o al menos tenía una acompañante, significaba que tendría quién la cuidara, y yo tendría el mejor agosto de mi vida. No era totalmente egoísta de mi parte. Pero tampoco me sentía muy orgullosa de mí misma.

—Monica, está bien. Aún recuerdo vagamente lo que es ser adolescente. —La abuela suspiró tristemente—. Pero este ha sido mi hogar por casi 60 años. No puedo imaginar abandonarlo.

—Abuela, por favor... por favor, considera contratar a una acompañante. Tú necesitas ayuda. Tal vez con eso mamá se conformaría y la tía Gay dejaría de molestarte.

Shelley me lanzó una mirada furiosa.

—¿Por qué no... por qué no nos llevas a pasear a Londres? —le pregunté—. Podríamos recorrer la ciudad, tomar fotografías. Si organizas una gran excursión, eso le demostraría a mamá que puedes cuidar de ti misma perfectamente, ¿no crees?

La abuela me miró y sonrió con tristeza.

—Supongo que podría funcionar. ¡Partiremos a primera hora de la mañana! —El "imán" sólo atinó a rezongar.

Me fui a dormir pensando en Londres. ¡Sería un día maravilloso!

O no.

¿Han escuchado alguna vez a alguien decir: "¡Estoy destruido!"? Al despertarme el sábado por la mañana, comprendí exactamente qué significaba. Sentía la cabeza comprimida, como si estuviera atascada en el interior de una sandía gigante, dentro de la cual millones de duendecillos me clavaban alfileres en los ojos. El estómago me hacía un ruido infernal, luchando con todo su contenido que, al parecer, no tenía la más mínima intención de digerir. Las piernas y los brazos me pesaban tanto que apenas podía moverlos.

Y no estoy exagerando. Los invito a que *ustedes* lo prueben: intenten combinar el cambio de horario con demasiado vino, luego treparse a un árbol, estar a punto de ser arrestados, y después pasar la noche durmiendo con un perro enorme que se la pasa retorciéndose y no abandona tu cama por nada del mundo... y cuéntenme cómo se sienten. Se sentirán "destruidos".

Por cierto, como mencioné antes, creo verdaderamente que no existe un problema tan grande que no pueda, de alguna manera, transformarse en algo infinitamente peor. Así que me puse de pie.

De pronto, las rayas del empapelado de las paredes empezaron a moverse. Sí, efectivamente... ahora *ondulaban*. No encuentro otra forma de describirlo. Y para colmo, los alfileres de los duendecillos ahora se habían transformado en espadas gigantes.

Intenté sentarme, pero le erré al borde de la cama, por lo cual —para ser breves— a duras penas logré llegar hasta las escaleras y bajarlas en cuatro patas, pero marcha atrás. Sé que me habré visto muy tonta haciéndolo, pero me provocaba menos náuseas que luchar contra el empapelado ondulado. Por fortuna, aún era temprano, de modo que nadie estaría despierto para ver esa escena.

—¡Buen día, Monica! —gritó Edward, mientras abría impetuosamente el periódico y lo desplegaba sobre la mesa (no lo admiren tanto; sólo lee las caricaturas).

—Edward, por favor, no grites —le dije, mientras me aplicaba presión en los ojos con las palmas de las manos, tratando de estrujar a los duendecillos—. Y por favor, no hagas tanto ruido con el periódico.

—Eso mismo me dijo Shelley —gritó Edward. Al parecer, su voz tenía un solo nivel de volumen—. Aunque *ella* no me lo pidió "por favor".

Shelley. Me llevó un minuto enfocarme, pero allí estaba, derrumbada sobre la mesa de la cocina, con el cabello cubriéndole la cara.

—Te serviré un café. —Edward saltó de su silla—. Lo hice yo mismo.

—La cafeína te ayudará —susurró Shelley—. Yo ya me siento mucho mejor.

Me senté lentamente mientras Edward colocaba una gran taza de café frente a mí. El primer sorbo me hizo abrir los ojos súbitamente, de par en par. Me costaba tragar lo que acababa de beber, y mi estómago luchaba valientemente por rechazarlo.

—¿Qué es *esto*? —pregunté, mientras me secaba las lágrimas de los ojos.

—Café —me respondió Edward, en tono irritado. Al parecer, Shelley había tenido la misma reacción—. Mezclé cuatro cucharadas de café instantáneo con cuatro cucharadas de leche en polvo; luego llené la taza con agua caliente del grifo, y le puse azúcar. Básicamente, es lo mismo que el café común, pero no tuve que hervir el agua, así que ahorré energía.

Shelley levantó la cabeza sólo lo suficiente como para lanzarme una mirada arrogante. —Sólo dije que te ayudaría, no que sabía bien.

¡Cielos! Incluso hasta con resaca se comportaba como una bruja.

De repente, la puerta del baño se abrió y la abuela salió arropada en una enorme bata mullida. —¡Hora de marcharnos! Tengo los atuendos ideales para todos. —Cruzó a toda prisa la sala y buscó una gran bolsa de abajo de las escaleras.

Dio vuelta la bolsa y de ella salieron...

—¿Rayas? —preguntó Edward.

—¡Rayas! —respondió la abuela, sonriendo de oreja a oreja. Levantó un par de pantalones cortos y amplios, totalmente cubiertos de rayas de todos los colores habidos y por haber —el arco iris en pleno—, más algún otro que, con seguridad, ningún arco iris de buen gusto aceptaría—. Estos, por supuesto, son los míos.

Luego levantó un par de pantalones cortos y ridículamente estrechos. —Y estos son para ti, Edward.

A lo cual le siguieron dos pares largos. —Uno para ti, y otro para ti —dijo la abuela, mirándonos sonriente a mi hermana y a mí—. Y miren esto: ¡camisas haciendo juego!

¿La buena noticia? Las camisas no eran rayadas. ¿La mala noticia? Eran del verde más horroroso que jamás había visto. Un verde que, si Crayola alguna vez hubiera considerado crear un color tan horripilante —cosa que dudo—, lo habría llamado "vómito fosforescente de rana".

—Hice hacer los conjuntos —dijo la abuela, anunciando lo que ya era dolorosamente obvio—. Había pensado que sería divertido usarlos en el ensayo de la boda de su tía Gay. ¡Enloquecería de furia si lo hiciéramos! Pero serán perfectos para la aventura de hoy. Además, son tontos y divertidos. Y no hay nada malo con ser tontos y divertidos, ¿verdad, Edward?

—En absoluto —dijo Edward, que ya se había puesto los pantalones e intentaba colocarse dificultosamente la horrorosa camisa.

La abuela eligió un par de pantalones rayados y una camisa de color "verde vómito" y, cargándolos en un brazo, se dirigió con paso firme a su habitación. Como si *ella verdaderamente* fuera a usarlos. ¡Como si pensara que *nosotros* los usaríamos!

—Vístanse, niñas. Con estos trajes, será más fácil poder distinguirnos entre la muchedumbre —gritó la abuela desde su habitación—. Debemos ponernos en movimiento. Hay muchísimo por ver en Londres, pero primero tenemos que ir a Bedford y encontrar estacionamiento, luego tomar el tren a la Estación Thameslink, luego el metro a Piccadilly...

O algo así. No estoy exactamente segura de lo que dijo, porque estaba un poco distraída con los pantalones que tenía en las manos.

—Ven, genia de genias —dijo Shelley, mientras caminaba torpemente hacia el baño—. Hacer esta estúpida excursión fue tu idea. Ahora, además de hacerla, también te verás *estúpida*.

No recuerdo muy bien qué hicimos en los minutos siguientes, pero de alguna manera, Shelley y yo logramos vestirnos, cepillarnos los dientes y meternos en el auto. ¿Lo mejor de la mañana? Probablemente, que ninguna de las dos vomitó, y que no me quedé ciega viendo todas esas rayas de nuestros pantalones durante el largo y silencioso recorrido.

—Mmm.... —dijo la abuela, mientras ingresaba en la estación de trenes de Bedford.

—¿Qué significa "mmm"? —le preguntó Edward, estirándose los pantalones por millonésima vez.

—"Mmm" significa... que estoy un tanto sorprendida. —La abuela condujo por el lote de estacionamiento buscando un espacio libre—. No entiendo por qué hoy hay tantos autos. Espero que no les importe caminar un poco.

Me miré en el espejo retrovisor e intenté concentrarme en ese rostro desconocido, pálido y con ojos hinchados, que me devolvía la mirada. —Sí, abuela, lo que tú digas.

—¿Estás loca? —murmuró Shelley por lo bajo—. Me siento terriblemente mal, y parecemos payasos con esta ropa. No podemos ir *caminando* a ningún lado.

—Tres días, Shelley —le respondí, en el mismo tono de voz—. Tenemos tres días para demostrar que la abuela puede arreglárselas con una acompañante.

—Eres una idiota —susurró Shelley, mientras dejaba caer la cabeza con cuidado —con *sumo* cuidado— contra la ventanilla. Al parecer, los duendecillos también le estaban clavando alfileres en sus ojos. ¡Bien hecho!

—¡No veo las horas de ver la Torre de Londres! —dijo Edward, mientras éramos devorados por la multitud que se dirigía en masa hacia un tren atiborrado de pasajeros—. ¡Y la Abadía de Westminster, y el Palacio de Buckingham, y...!

—¿Por dónde comenzamos? —le pregunté a la abuela.

—Cielos, no tengo idea. —La abuela le entregó a Edward la cámara de fotos y comenzó a buscar un asiento.

—Pero tienes un plan, ¿verdad? ¿Sabes a qué lugares iremos?

—No tengo la más mínima idea —dijo, riéndose—. Nunca voy a la ciudad. Este será mi primer viaje en 31 años.

Shelley y yo nos miramos. Descompuestas, cansadas, y ahora, además, al borde del pánico.

—¡Miren, hay una parada del metro en un lugar llamado Cockfosters[2]! —gritó Edward, mientras tomaba fotos del enorme mapa montado en la pared del tren.

Clic...clic...clic...

A veces, la mejor manera de tratar a Edward es ignorándolo. Ésta era una de esas ocasiones.

—¡Pero abuela! Si no conoces nada sobre Londres, ¿cómo podrás llevarnos a una excursión y convencer a mamá de que lo puedes hacer? —le pregunté.

Clic...clic...clic... Edward tenía asignada la simple tarea de tomar fotos de nuestra excursión para hacer quedar bien a la abuela, y, como siempre, lo hacía de manera totalmente obsesiva.

—Nadie dijo que *yo* sería la guía oficial de la excursión —dijo la abuela, mientras le sonreía a Edward.

—¡No abuela, por favor, no dejes que *él* haga de guía turístico! —dijo Shelley.

---

[2] En inglés vulgar, la palabra "cock" significa "pene".

—Será el guía perfecto —le respondió la abuela—. Es muy inteligente, fanático de la historia británica, y conoce todos los sitios importantes. Además, es excelente para leer los mapas.

Si bien era cierto, la idea no me hacía feliz para nada. De sólo pensar en tener que seguir al mocoso sabelotodo por la ciudad me provocaba náuseas. El sólo hecho de estar con él en el tren me irritaba. Pero la verdad era que yo no tenía idea de cómo llegar a la Abadía de Westminster, mucho menos por qué era tan importante hacerlo. La historia no era lo mío.

—¡Miren! ¡Miren eso! —gritó nuestro futuro "guía infernal"—. ¡Hay un lugar cerca de aquí llamado Cockayne! ¡Tenemos que ir, abuela!

Clic...clic...clic...

—¡Edward, cállate! —le grité (de acuerdo, *hubiera deseado* gritarle, pero no podía más que susurrar en tono furioso, dado que estábamos rodeados por desconocidos).

¿Y saben qué fue lo que empeoró las cosas? Gracias a esos estúpidos trajes que llevábamos, muchos de esos desconocidos estaban tomándonos fotos *a nosotros*.

—Ehhh, Monica... —Shelley me daba codazos en las costillas. Detesto cuando hace eso, así que la ignoré por completo.

—Debes escoger lugares educativos para visitar, como si fuera una excursión escolar o algo así —le dije a Edward—. Nada raro ni que tenga... *cock*.

—Monica... —¡Cielos, Shelley estaba insoportable!

—Algo que haga quedar a la abuela como un buen ejemplo —le dije.

—¡Monica! —Shelley me clavó el codo en las costillas con fuerza—. Ya sé por qué hay tanta gente en el tren. —El tren se detuvo en la Estación Thameslink con un fuerte chirrido de ruedas. —Es el día del Desfile Gay. Esperan un millón de visitantes en Londres, y muchos de ellos se verán... *así*.

Lo dijo señalando a un grupo de hombres —o eso creo— que pasaban caminando junto al tren. Hombres con más maquillaje que las chicas más zorras de la escuela, además de gigantescos y centelleantes aretes, tacones altos, y vestidos con tajos que dejaban ver su ropa interior.

El estómago me dio un vuelco. —Estaremos bien —le susurré a Shelley—. Siempre que mamá no se entere de esto, estaremos bien.

Clic... Por desgracia, me había olvidado de nuestro "guía infernal" y su leal cámara.

Capítulo 9

Un día desastroso

—¡Miren esto! —gritó Edward. Se refería a un periódico que alguien había dejado en el tren. Mientras la multitud de pasajeros nos arrastraba del vagón hacia el andén, y nosotros intentábamos a duras penas sujetarnos de la pequeña estatura de nuestra abuela a rayas para no perderla en la muchedumbre, mi hermano comenzó a vociferar los titulares del periódico: *¡Día de Orgullo Gay! ¡Finales del Campeonato de Cricket! ¡Concierto a beneficio de los huérfanos del SIDA en África!*

—Dicen que hoy se esperan tres millones de visitantes en Londres —gritó Edward—. ¿Se imaginan? ¡Será un loquero! —Un loquero era poco. Grupos de hombres semidesnudos, apenas cubiertos con ropa de mujer y zapatos de tacones altos —además de un maquillaje escandalosamente brillante— caminaban grácilmente por la estación.

—¡Qué ridículos! —susurró Shelley, mientras se controlaba el lápiz labial en el reflejo de una vidriera—. ¿Acaso no saben que la sombra de ojos verde ya pasó de moda? —Al parecer, no. Tampoco parecían saber que para colocarse la sombra sólo era necesario una brocha de maquillaje, y no un rodillo de pintura, y que se suponía que debían usar *pantalones* sobre la ropa interior. No bromeo. Algunos hombres se paseaban con ropa interior femenina, grandes pelucas rubias onduladas, maquillaje a rodillo... y nada más. *¡Nada más!*

—Cierra la boca, cariño —le dijo la abuela—. Es cierto que algunos de estos muchachos se ven ridículos, pero estoy segura de que no es la primera vez que ustedes ven hombres vestidos de mujer.

Para mí, sí era la primera vez. Como tampoco nunca antes —ni siquiera una sola vez en toda mi vida— me habían sorprendido en la entrada de una puerta con la cara apretujada contra el pecho a medio rasurar de un hombre usando un sostén de encajes blancos.

Por desgracia, ahora puedo decir que ya tuve esa experiencia.

Desearía poder decirles que fue un día repleto de aventuras increíbles y reveladoras. Pero el solo hecho de salir del tren y llegar a duras penas a las escaleras fue tan traumático que, básicamente, nos acobardamos.

—¿A alguien le apetece tomar té? —preguntó la abuela, en tono jovial.

—Sólo si es en Bedford —le respondí, mientras Edward, colgado de mí como un cachorrito ahogándose, asentía enfáticamente con la cabeza. La estación Thameslink no era un buen lugar para un enanito flacucho y blandengue.

Les cuento cómo fue nuestra excursión a Londres: bajamos del tren, nos apretujaron, cruzamos al otro lado del edificio, y subimos a otro tren que iba en la dirección opuesta. Así es. Pasamos exactamente siete minutos y trece segundos en Londres, y todo el tiempo permanecimos bajo tierra. Me contaron que es una ciudad muy bonita.

—No se preocupen —nos dijo la abuela, mientras se acomodaba en su asiento—. Bedford tiene muchas cosas divertidas para hacer.

Shelley sólo atinó a exhalar un gran suspiro mientras miraba por la ventanilla. Desde luego, esa era su manera de expresar su disconformidad. Mi hermana había planeado recorrer la ciudad como una reina glamorosa —¡deberían haber *visto* la cantidad de máscara de pestañas que se puso en el auto!—, y ahora tendría que pasar el día en el no tan glamoroso pueblo de Bedford (población: 79,190).

—Bien, al menos ahora podemos sentarnos —observó Edward, mientras rebotaba de asiento en asiento, tratando de encontrar la mejor vista de Londres (una ciudad que, probablemente, jamás volveríamos a visitar).

Al llegar a la estación de trenes de Bedford, yo estaba transpirada, con dolor de cabeza, y muy cansada. Así que podrán imaginarse el alivio que sentí al ver el auto de la abuela en el lote de estacionamiento. Y al subirme a él y colocarnos los cinturones de seguridad. Y al ver que la abuela introdujo la llave en el encendido del auto y...

Rrrr....rrrr....rrrr....rrrr.....

—¡Diablos! —resopló la abuela—. La condenada batería se ha descargado.

Entonces salimos del auto, lentamente, de mala gana, esperando que se produjera un milagro y la tonta máquina decidiera arrancar. Pero al ver a la abuela dirigirse a toda prisa hacia la estación de trenes con las llaves del auto en la mano, algo me dijo que había pocas probabilidades de que ello sucediera.

Cuando la alcanzamos, la abuela ya estaba hablando en un teléfono público. Y no nos tomó mucho tiempo darnos cuenta con quién.

—¡Porque *deseaban* conocer Londres, y en circunstancias

normales, eso no habría sido un problema, vieja cascarrabias! —dijo la abuela, frunciendo el ceño.

Y elevando tanto la voz que hasta Edward comenzó a mirar a su alrededor para ver quién nos miraba, agregó: —¡No, *no* traje mis vitaminas! ¡Sólo ocúpate de darle de comer al maldito perro!

Luego de lo cual, colgó el teléfono.

—¡Es la mujer más insoportable que he conocido! —masculló la abuela, mientras discaba otro número—. No puedo creer que seamos hermanas.

—¿Ahora a quién llamas? —le preguntó Edward.

—A Clyde padre. Es necesario hacer arreglar ese tonto auto.

Mientras la abuela hablaba con Clyde, recorrí la vista por la estación. Docenas de personas miraban las noticias en los televisores montados en las paredes, mientras hablaban por teléfono con sus familias. Todos esperaban apiñarse en el próximo tren a Londres, mientras cada vez más gente ingresaba a raudales por las grandes puertas de la estación. Era un verdadero loquero.

Por fortuna, Clyde vendría a ayudarnos muy pronto y podríamos regresar a casa de la abuela. Y yo podría dormir. Y dormir y dormir y dormir. No recordaba la última vez que me había sentido tan agotada. Hasta me pesaban las piernas.

Me acerqué a la abuela (sí, intentaba escuchar disimuladamente su conversación, si es lo que están pensando).

—No hay prisa, cariño. Aquí tenemos mucho para hacer —le decía—. Luego del té estará bien.

La abuela cortó el teléfono y se volvió hacia mí, sonriente. —Clyde vendrá después del té.

—¿Entonces debemos regresar al auto para esperarlo? Y no tardaremos en llegar a casa, ¿verdad? —No podía ocultar mi enorme alivio.

La abuela negó con la cabeza y sonriendo me dijo: —No,

cariño, té significa la comida de la noche. ¡Tenemos todo el día para recorrer Bedford!

No pude disimular mi sensación de horror. Estaba sucia y hambrienta, la cabeza se me partía del dolor, y necesitaba una siesta. No, una siesta no. Algo más que eso. Algo así como caer en un coma de 12 horas.

—¿Qué sucede? —me preguntó la abuela.

¿Qué se puede decir cuando *todo* está mal? ¿Cuando te sientes fatal, y luces aún peor? ¿Cuando estás vestida con el traje más horripilante que jamás hayas visto? ¿Cuando aún no te repones de un largo vuelo, del cambio de horario, y de una borrachera espantosa?

—Supongo que sólo... tengo hambre.

Al decir esto, el rostro de la abuela se iluminó de repente. —No hay problema —dijo—. ¡Los invito a comer *curry*!

Dicho lo cual, comenzó a caminar con paso firme y decidido, sin siquiera mirar hacia atrás; simplemente, debió suponer que la seguiríamos. Lo cual, desde luego, así fue.

—¿*Curry*? —Shelley frunció la nariz como si la abuela nos hubiera ofrecido un guiso de gusanos—. ¿*Curry*?

—El *curry* es muy popular en Inglaterra —observó Edward, mientras caminábamos a toda prisa para alcanzar a la abuela—. Tienen muchísimos tipos. Aquí, la cocina de la India Oriental es enormemente popular.

Así, con las rayas y el vómito de rana flameando al viento, seguimos a la abuela doblando la esquina y nos metimos en el primer restaurante que encontramos. Estaba repleto de gente — era la hora del almuerzo— y, desde luego, cuando entramos al lugar en nuestros trajes a rayas, se produjo un breve silencio. Nuestro aspecto llamaba la atención por lo estrafalario. Nos estaban criticando, y hablarían de nosotros en voz baja mientras terminaban sus almuerzos. Incluso, algunos de ellos probablemente tomarían fotos nuestras cuando no los viéramos.

Francamente, me importaba un rábano.

—¡Qué bien huele! —observé, inhalando profundamente.

—Es el *curry*. —Edward asintió varias veces con la cabeza—. Es dulce y picante, y muy sabroso. Al menos eso es lo que leí.

—¡Puaj! —dijo Shelley—. ¡Qué asco! —Una típica reacción de Shelley.

—Ahora —dijo la abuela, mirando sonriente a Edward— estás a punto de *saborear* la vida, en lugar de sólo leer sobre ella. —Volviéndose a hablar con la camarera, le dijo—: Deseamos probar sus seis tipos de curry más populares. Pero no nos diga cuáles son, ¡queremos que sea una sorpresa!

Así, disfrutamos de un asombroso plato de *curry* tras otro, y descubrí que los diferentes tipos incluyen desde platos de vegetales suaves y dulzones a comidas con carne de res y pollo tan picantes que podrían incendiarte las cavidades nasales. Fue una experiencia fabulosa, y creo que yo comí más que la abuela, Shelley y Edward juntos.

—¡Ay... ay.... mi nariz... este es realmente... ay...! —Edward tomó su vaso de gaseosa y parpadeó rápidamente para evitar que le saltaran las lágrimas.

—Deliciosos, ¿no es cierto? —nos preguntó la abuela, mientras se secaba las gotas de sudor de la frente. Shelley sólo permanecía con el ceño fruncido mientras picoteaba de su plato con desgano. Había decidido que odiaría el *curry*, y entonces lo odiaba. Shelley era así.

—Bien —dijo la abuela, una vez que había limpiado su plato—. Una rápida visita al baño y pensaremos qué hacer el resto del día.

De pronto, Edward levantó la cabeza y gritó: —¡Lo sé! ¡La Abadía de Woburn! ¡Por favor, vamos a la Abadía de Woburn!

A continuación, asumiendo ese aire arrogante de

sabelotodo, nos dijo a mí y a Shelley: —Woburn es la residencia del Duque y la Duquesa de Bedford. Los monjes comenzaron a construirla en el año 1145, y ahora es un edificio gigantesco. Simplemente, *no se puede* visitar Inglaterra sin ver al menos un castillo como Woburn. ¡Y probablemente sólo quede a 16 millas de aquí!

Al parecer, ninguno tenía la energía para contradecirlo, dado que 20 minutos más tarde nos dirigíamos rumbo al castillo por caminos secundarios, bamboleándonos en la parte posterior de uno de los ridículos "megataxis" ingleses.

La abuela —que había comido una cantidad considerable de *curry*— se sumió muy pronto en un sueño profundo.

—Dime, ¿cómo sigue tu genial idea de convencer a la abuela de que debe dejar su casa? —murmuró Shelley—. ¿Esperando ansiosa tu viaje científico, pequeña cretina egoísta?

—¡No seas tonta! —le respondí entre dientes—. Ya viste cómo vive. Sabes que necesita ayuda. —Ignoré la mirada desdeñosa y dramática de Shelley—. Si pudiéramos convencerla de conseguir una acompañante, quizá a mamá y a la tía Gay les agradaría la idea.

—Y seguro que *a ti* también. No te olvides de ese detalle, ¡porque eso es *taaan* importante para el resto del mundo! —masculló mi hermana.

Decidí ignorar su comentario arrogante. Tenía mucha práctica al respecto. —Debemos encontrar la manera de arreglar esto para hacer quedar bien a la abuela.

Le lancé a Shelley una mirada fulminante. Sabía que estaba a punto de hacer otro comentario airado. Si decía tan solo una estupidez más, le respondería con un buen puñetazo en la cabeza.

—Mintamos —sugirió Edward, en tono muy casual, mientras se sonaba la nariz (el curry que había probado justo antes de salir del restaurante era el más picante, y sin duda había resultado demasiado fuerte para sus fosas nasales)—. ¡Digamos que el viaje fue fabuloso, y que la abuela fue una excelente guía turística!

—De acuerdo —asintió Shelley.

—Bien... de acuerdo —respondí. Sonaba como un plan tonto y poco convincente, pero no se me ocurría nada mejor. —Les diremos que la abuela nos invitó a almorzar *curry* en un lugar excelente, y que hicimos una maravillosa excursión a la Abadía de Woburn. Les diremos que fue muy divertido. Y *lo será* —agregué.

¡Qué ilusa fui!

Lo que no sabía sobre el *curry* es que es un condimento que no se debe ingerir en grandes cantidades. Al menos, no la primera vez que lo pruebas.

Para digerirlo bien, es necesario desarrollar una cierta tolerancia. Una tolerancia intestinal. Una tolerancia de *algún tipo* antes de ingerir seis enormes porciones.

Yo, por otro lado, había mostrado una falta de respeto absoluta hacia mi tracto digestivo al haber comido no sólo todo lo que la abuela me ofrecía, sino también en grandes cantidades. Así que mi tracto digestivo decidió mostrar una falta de respeto absoluta hacia mí. Comencé a sentirme algo extraña. Estaba hinchada, sentía retortijones en el estómago, y tenía un malestar general. Era una sensación nada agradable.

El estómago me hacía unos ruidos infernales.

—¡Monica! —chilló Edward—. ¡Esto será fabuloso!

—Bien, no sé si diría exactamente fabuloso...

Shelley curvó los labios con esa media sonrisa fingida que le sale tan bien. —Claro que lo será, porque visitaremos este maravilloso lugar vestidos todos iguales.

La abuela se desperezó y bostezó. —¡Sin duda será fabuloso! —dijo, afirmando con la cabeza.

En realidad, yo no les estaba prestando atención. Estaba muy preocupada con los horribles sonidos que provenían de mi panza.

Y entonces sucedió. Estornudé... y se me escapó un pedo.

¿Cómo podría describirlo? Fue un sonido como el de un trueno repentino y explosivo, seguido por el que haría un pato furioso si lo pisaran. ¡Y el olor...!

—¿Acaso has comido un bicho muerto? —me preguntó Shelley, mientras intentaba desesperadamente bajar la ventanilla a toda prisa.

—¡Monica nunca antes había probado *curry*! —le gritó Edward al taxista, quien largó una estridente carcajada mientras él también (¡y me muero de vergüenza de sólo mencionarlo!) bajaba rápidamente *su* ventanilla.

Se supondría que un acontecimiento de tal naturaleza podría clasificarse fácilmente como "La experiencia más horrorosa de toda mi vida". Lamentablemente, "La experiencia más horrorosa de toda mi vida" no sucedería sino hasta dentro de las siguientes 28 horas... pero dejaré ese tema para más adelante.

—No te preocupes, cariño. Lleva un tiempo acostumbrarse al *curry* —me explicó la abuela, intentando en vano hacerme sentir mejor.

El estómago me borboteó otra vez. Ahora, mis intestinos estaban produciendo una cantidad de gas suficiente como para alterar peligrosamente el ecosistema del planeta Tierra.

Para cuando llegamos a la Abadía de Woburn, mi panza estaba tan hinchada que parecía embarazada. Mientras caminábamos hacia la entrada principal, permanecí rezagada a propósito intentando librarme silenciosamente de mi enorme ventosidad interior. Pero no sirvió de nada. Apenas lograba expeler algunos vapores de *curry*, mis intestinos producían al instante muchísimos más. Me había convertido en una fábrica humana de gases, y lo único que deseaba era quedarme afuera tanto como fuera posible.

—Está haciendo calor. ¡Entremos! —sugirió la abuela. Como verán, esto demuestra que ser una persona buena y aplicada, y desear algo con todo tu corazón, no hace ni pizca de diferencia.

Capítulo 10

Un sábado interminable

—¡Ahhhh, miren! —gritó Edward con voz chillona—. ¡Están comenzando una visita guiada! —Y sin más palabras, saltó por sobre un cantero de flores y se adosó a un grupo de señoras *muy pero muy* viejas de la India Oriental. Debe de haber habido unas treinta, y todas eran de baja estatura, encorvadas y muy arrugadas. Parecían momias enanas. Todas llevaban puestos sus saris, esos hermosos vestidos de vivos colores hechos de grandes piezas de seda. Era como mirar a través de un colorido caleidoscopio. Era como... ¡Un momento!

Edward sonrió y afirmó con la cabeza cuando vio mi expresión de asombro. —Nadie se percatará de lo que llevamos puesto si nos quedamos en este grupo —me susurró tan pronto como me acerqué a él—. Son tan coloridos como los nuestros.

Era verdad. Individualmente, Edward se veía como un tonto con sus pantalones a rayas y camisa verde vómito. Pero mezclado en ese grupo de ancianas mustias en sus fabulosos saris, prácticamente se volvía invisible. Era como si mi hermano fuera un camaleón, y hubiera descubierto el tipo de entorno en el que el verdoso vómito de una rana pasaría desapercibido. ¡Era, simplemente, una idea brillante!

Con Edward a la cabeza, nos pegamos como sanguijuelas al grupo de ancianas indias durante su recorrido por la Abadía. Y fue una visita verdaderamente espectacular. Vimos la sala del desayuno, el salón de banquetes y el comedor diario. ¿Acaso los británicos alguna vez hacían algo más que comer? Vimos dormitorios con cielo rasos sobrecargados de adornos dorados; una cámara llena de vajilla plateada y dorada; una cripta repleta de porcelanas; cientos de retratos antiguos; miles de antigüedades; y posiblemente los peores diseños de empapelados de toda la historia (lo que demuestra, en mi opinión, que el dinero y el buen gusto no necesariamente van de la mano). No tardé en darme cuenta de que Edward tenía razón. ¡Es *imposible* visitar Inglaterra sin ir a conocer al menos un castillo!

¿Y saben de qué otra cosa me di cuenta? Las mujeres de la India comen comida india. O sea, *curry*. Lo que equivale a decir que ninguna de ellas me miraba frunciendo la nariz (como Shelley). Estaba recorriendo el lugar más grande, antiguo y maravilloso que jamás había visto —y en el cual jamás tendría esperanzas de vivir— y, sin embargo, por primera vez en varios días, me sentía como en mi propio hogar.

—Podría vivir aquí —dije, mientras caminaba por un pasillo amplio y alfombrado.

—Podrías, pero no puedes —me respondió Shelley, mientras observaba un gran candelabro en el techo.

—¿A qué te refieres?

—*Tú* piensas que con esfuerzo puedes solucionar lo que sea. Pero eso no siempre es posible. Algunas cosas escapan a tu control.

—No estoy tan segura de ello...

—Es verdad —dijo Shelley—. Los habitantes de este castillo nacieron aquí, y pertenecían a esta familia increíblemente adinerada. Tú no. Por eso ellos vivieron acá, y tú no. Como te dije: algunas cosas escapan a tu control.

Ya era oficial. Shelley podía arruinarle a cualquiera el sueño de vivir en un castillo.

—Dime, ¿qué es un *ha-ha*? —le pregunté a Edward, intentando cambiar el tema. Ya sabía que era una especie de hoyo construido para impedir el acceso de los animales salvajes a los jardines de la gente de dinero, pero decidí permitirle el placer de desplegar su sabiduría—. ¿Edward?

Giré en redondo, buscando a nuestro minúsculo camaleón. Vi muchísimos saris, pero mi hermano no estaba por ningún lado.

—Monica, ¿dónde está? —susurró Shelley.

—¿Quién? —preguntó la abuela, aunque a juzgar por la forma en que sus ojos recorrían nerviosamente la sala, sabía *exactamente* a quién nos referíamos.

—¡No se desesperen! —susurré—. Siempre que lo encontremos antes de que haga algún disparate, todo estará bien.

¿Alguna vez han buscado a alguien intentando disimularlo? No es nada fácil. Miré debajo de la antigua cama pretendiendo que se me había caído algo. Espié el interior del hogar mientras me subía los calcetines. Incluso me las ingenié para echar un vistazo adentro de una gran cómoda mientras las damas indias miraban por la ventana y parloteaban en un idioma extranjero. La ventana...

—¡No! —exclamó Shelley con la mirada clavada en lo alto del enorme cedro que se erguía afuera (que, según Edward, fue plantado en 1754) —. ¡No...!

Seguí su mirada. En efecto. Edward, encaramado en lo alto de una gruesa rama y luciendo sorprendentemente similar a un perico con su traje de color verde, dejaba caer nueces sobre las cabezas de los inocentes turistas que pasaban caminando por debajo del árbol. ¡El Rey de las Bromas atacaba de nuevo!

—Está vestido igual que nosotras. Sabrán que estamos juntos —murmuró Shelley por lo bajo—. ¡Y llamarán a la policía!

¡Esto era el colmo! Si Edward se caía de ese árbol, sin duda se partiría la cabeza. Estaría dolorido y quejándose por días y días, y mamá se enfadaría conmigo por no haberlo cuidado mejor. Lo cual demostraría, a favor de la tía Gay, que la abuela era totalmente incompetente. ¿Quién permite que un nieto termine con los huesos rotos la primera vez que lo saca de paseo?

Shelley se volvió y me lanzó una mirada fulminante. —Si se lastima, seguro que enviarán a la abuela al hogar de ancianos —dijo Shelley, como leyéndome de algún modo la mente—. Si ello ocurre, te culparé por el resto de tu vida, y *jamás* dejaré de reprochártelo. Jamás.

Era verdad. Shelley era muy buena —endiabladamente buena— para guardar resentimientos. Era otra de sus aptitudes especiales por las cuales quería (más bien, *necesitaba*) alejarme de ella en agosto.

—Shelley —le dije— estoy intentando encontrar la manera de no enviarla a un hogar de ancianos, y conseguir una acompañante, pero si no logramos bajar al tonto de nuestro hermano de ese árbol, nada de lo que hagamos dará resultados.

Sintiendo que estaba a punto de tirarme otro "oloroso", salí a toda carrera por la puerta y crucé el jardín hasta llegar al árbol. Entonces, de la manera más suave, dulce y paciente que pude, llamé a Edward. —¡Lo estás arruinando *todo*, mocoso atorrante! Baja ya mismo de ese árbol, o destruiré todos tus *origamis* en el triturador de papeles.

Sé que no estaba comportándome de manera muy maternal,

pero 30 segundos después, Edward estaba parado junto a mí como una ovejita inocente, mientras intentaba vaciar las nueces de sus bolsillos tirándolas disimuladamente a sus espaldas.

Acababa de deshacerse de la prueba del delito cuando la abuela y Shelley llegaron al trote a los jardines, con dos guardias de seguridad regordetes siguiéndolas jadeando y a duras penas a cierta distancia.

—Este sería el momento ideal para marcharnos —anunció la abuela, jadeante, mirando con disimulo hacia atrás mientras los dos hombres uniformados se aproximaban rápidamente a nosotros. Todos estuvimos de acuerdo. Nos escabullimos del lugar, rápida y silenciosamente, y nos subimos a un taxi que en ese preciso momento estaba dejando a una familia de turistas.

Edward permaneció sentado en silencio durante todo el viaje de regreso a la estación de trenes, presintiendo, supongo, que aun el más mínimo comentario fuera de lugar le depararía una muerte certera.

Me recosté en el respaldo del asiento e intenté relajarme. ¡Ilusa de mí! No había usado un cepillo de dientes o de pelo desde la mañana, y no me había duchado desde antes de nuestra desastrosa degustación de la noche anterior. Apestaba a *curry*, y mis intestinos cada vez acumulaban más y más gases. Me sentía muy mal, y me veía aún peor. Lentamente, bajamos del taxi en la estación de trenes de Bedford y caminamos hasta el auto averiado de la abuela.

—¡Hola! —nos saludó Clyde, asomándose por debajo del capó, con su sonrisa absolutamente perfecta. Sí, era Clyde hijo.

Me volví para mirar a Shelley —en parte, para ver su reacción, y en parte para evitar que Clyde viera mi cara grasosa—, pero lo único que alcancé a ver fue el trasero de arcoíris de mi hermana desapareciendo en la estación de trenes.

—¡Clyde! ¡Esperábamos a tu padre! —le dijo la abuela, dándole un gran abrazo y un beso en la mejilla.

—Me trajo hasta aquí y fue a remolcar a un furgón. —Y con una sonrisa inocente, agregó—: Me dijo que si no lograba hacer arrancar su automóvil, ¡debería irme a casa a dedo!

—Un furgón es un camión —aclaró Edward.

—¡Vaya, eso suena un tanto estricto! —le dijo la abuela, con un dejo de preocupación en su voz, si bien intentaba reprimir una sonrisa, así que no le creí—. ¿Qué tal si esta carcasa fuera demasiado vieja para arreglarla?

—No se preocupe. —Clyde volvió a inclinar su musculoso cuerpo de dios griego sobre el motor—. El problema es sólo un cable suelto del alternador.

—¡Eres tan habilidoso! —¡Puajjj! Era Shelley. Se había metido en la estación de trenes para lucir *natural* llenándose de corrector de ojeras, base para maquillaje, rubor, delineador de ojos y, a juzgar por lo que veía, todo lo que había encontrado en su bolsa. Se había puesto tanto rímel que parecía tener patas de arañas en lugar de pestañas.

—¿Entonces vendrás a casa con nosotros en el auto? —le preguntó Shelley, en esa voz estridente que suele utilizar y que cree que es muy sexy—. Por cierto, me olvidé de preguntarte... ¿vendrás con tu novia a la boda de la tía Gay? —Sutil. *Muy sutil.*

—Sí, ehhh... bien, sí, iré con ustedes. —Me encantaba ver cómo Clyde miraba la cara de Shelley con una expresión confundida. Como si estuviera preguntándose por qué se había adherido patas de araña en los párpados.

—Pero no tengo novia. Nos peleamos. —Shelley me lanzó su estúpida miradita de "es mío", mientras movía rápidamente de arriba abajo sus patas de araña. Por mi parte, le devolví el gesto con mi mejor mirada de "ni lo sueñes" que pude improvisar. La guerra estaba declarada.

Gracias al irresistible atractivo de Clyde —y supongo que también a sus habilidades mecánicas— el auto finalmente logró arrancar. Y durante nuestro regreso a casa, el dios griego no perdió tiempo y fue al grano.

—Entonces, ¿cómo evitarán que su abuela se mude al hogar de ancianos? —dijo en voz alta desde el asiento del pasajero delantero—. No queda mucho tiempo, ¿verdad?

—Bien, no le diremos nada a mamá de este viaje. Ha sido un desastre —le respondí—. Creo que deberemos decirle a la tía Gay que sea más tolerante. La verdad es que no tiene nada de *malo* tener una casa desordenada. Sólo es necesario conseguir una acompañante para que mantenga la casa de la abuela un poco más limpia y ordenada.

Sin dudas, haber escogido el asiento trasero del medio había sido un error. Si miraba hacia la izquierda, podía ver a Edward observándome boquiabierto como si jamás me hubiera visto antes. Y si miraba a la derecha, podía ver a Shelley lanzándome su mirada de "¿Quién diablos te crees que eres?". Y si miraba el espejo retrovisor de la abuela, podía ver la expresión de tristeza en su rostro. De modo que opté por mirar directamente hacia delante y continuar hablando.

—Creo que la tía Gay supone que todos deben tener una vida organizada y predecible como la suya, y no es así. Ella no debería meterse en los asuntos de los demás. Conseguir una acompañante sería la solución perfecta. Así, todos estarían satisfechos.

—No sabía que para poder quedarme en mi hogar debía contentar a todo el mundo —dijo la abuela en voz baja.

Clyde la miró y, en señal de afecto, apretó suavemente el brazo de la abuela. Ella lo miró y le sonrió con tristeza.

Edward y Shelley continuaban taladrándome con sus miradas. Quizá porque —aunque me duela admitirlo— era sumamente obvio que acababa de herir los sentimientos de la abuela. Y quizá también porque —aunque también me duela admitirlo— en el pasado, yo no había sido la persona más tolerante que digamos. Y tal vez porque —¿acaso podría haber algo peor? — ahora el tema de la colonia de vacaciones se había vuelto tan evidente que era imposible ignorarlo. Me sentí... como una hormiguita.

Por fortuna, estacionamos frente a la casa de la abuela antes de que a Shelley se le ocurriera decir alguna tontería. No veía las horas de darme una ducha, una ducha larga, bien caliente y humeante. Luego podríamos comer un bocadillo mientras inventábamos una historia creíble para contarle a la tía Gay por la mañana. Después de ocho horas de sueño. O tal vez diez.

Al abrir la puerta, la abuela se quedó helada. Allí, en el sofá, estaban sentadas mamá, la tía Gay... y los *labios* de la tía Gay. Por algún motivo que desconocíamos, los labios de la tía Gay estaban enormes e hinchados, como los de algunos personajes de caricatura. Como si la hubiera atacado un ejército de abejas enfurecidas. Como si...

—¡Santo cielo! ¿Qué tienes en los labios? —le preguntó Edward.

—Miz labioz no tienen importanzia —le respondió la tía Gay, o mejor dicho, intentó responderle—. ¿Qué me dizez de ti? Me eztáz haziendo perder el juizio, ¿zabez? —continuó diciendo la tía Gay, mirando a la abuela con una expresión de furia en sus ojos.

Desde luego, este hubiera sido el momento ideal para dar una respuesta diplomática, que distendiera la situación y ayudara a que todos se relajaran. Desafortunadamente, la diplomacia no era algo que a la abuela le sobrara.

—Tú haze añoz que lo perdizte —le dijo la abuela, frunciendo el ceño—. Y lo perdiste tú sola. ¿Y nos vas a decir qué demonios le ocurrió a tus labios?

Capítulo 11

¿Quién es Charlie El Sigiloso?

—Hoy fui al médico y me hize un tratamiento de labioz para la boda —ceceó la tía Gay, mientras intentaba —sin mucho éxito— bajar el mentón y ocultar los labios hacia dentro para disimular la hinchazón.

—Se hizo colocar colágeno —dijo mamá, mientras intentaba, también sin mucho éxito, disimular su sarcasmo—. Es un procedimiento bastante común, pero no para hacérselo el día anterior a una boda. Deberá colocarse compresas frías durante horas para reducir la inflamación.

Por desgracia para la tía Gay, ella misma debería conseguir las compresas, porque mamá se volvió para hablar con nosotros sin siquiera dirigirle una mirada compasiva.

—¿Dónde diablos se habían metido? —nos preguntó, levantando la voz más de lo normal y en un tono apenas unos decibeles más bajos que un grito a todo pulmón (y créanme que mamá puede gritar muy fuerte) —. ¡La tía Gay tuvo que ir a recogerme al aeropuerto porque ustedes habían desaparecido! ¿Cómo es posible? ¿Y cómo se les ocurre ir a pasear a Londres con la multitud de gente que había? ¡Y bla, bla, bla, bla, bla, bla...!

Realmente no sé qué más dijo, porque dejé de prestarle atención.

¡Estaba tan agotada! Tanto, que hasta mantenerme sentada con el torso erguido me costaba horrores. Supongo que la combinación de la diferencia horaria, el vino casero de la abuela, los siete minutos y trece segundos del viaje por Londres, el automóvil averiado, la intoxicación de *curry*... en fin, seguramente todo ello había contribuido a que me sintiera totalmente exhausta.

Así que, mientras la abuela, la tía Gay y mamá se gritaban las unas a las otras, apoyé la cabeza en el respaldo del sofá y comencé a contar las cabezas de gatos que, por turnos, asomaban por el agujero del cielo raso.

Habré contado unas 25 ó 26 cabezas —muchas repetidas, claro está, y Tontín era, sin dudas, el más curioso del grupo— cuando comencé a experimentar una especie de calma y bienestar interior. Me encontraba en una increíble casa de 450 años de antigüedad en Old Warden, Inglaterra, casi al otro lado del mundo, y me sentía muy a gusto.

Me sentí como una adulta. Con autonomía. Incluso comencé a considerar que podría hacer el esfuerzo de ponerme de pie y hacer algo útil, como buscar una compresa fría del refrigerador para los monstruosos labios de la tía Gay. Luego de lo cual, haría un comentario inteligente que atraería la atención de todos. Tal vez, incluso, diría algo gracioso e ingenioso para romper el hielo y poder tener una discusión constructiva en lugar del griterío sobre hogares de ancianos que tenía lugar en ese momento.

Estaba lista para entrar en acción. Todo lo que debía hacer era quitar la cara —la *mía*— de la bandeja sanitaria de los gatos.

¿*Mi* cara? ¿Qué hacía *mi* cara en la bandeja de los gatos? ¿Y por qué estaba tendida de costado en el sofá? Lo último que recuerdo es haber estado sentada. Intenté agitar los brazos con fuerza, pero no se movían. Y ahora que estaba despertando del sopor, el olor a caca de gatos se volvía cada vez más fuerte.

Intenté agitar nuevamente los brazos. ¿Por qué no se movían? El corazón me latió fuertemente. ¿Acaso había tenido un terrible accidente? ¿Estaba paralizada? ¿Sufría de amnesia? Intenté moverlos una vez más. Nada. Mis brazos estaban completamente inutilizados.

—Monica, no seas tonta, tienes los brazos debajo de ti —dijo Shelley—. Y quita la cara del trasero del gato. ¡Qué asco!

—Desafortunadamente, Shelley —quizá, la hermana más boba que jamás haya pisado la faz de la tierra— tenía razón. En algún momento, mientras contaba las cabezas felinas, me había quedado dormida y, acomodándome de costado, los brazos me habían quedado atascados debajo del torso y estaban completamente acalambrados, lo cual explicaba por qué intentar moverlos no surtía ningún efecto. Para empeorar las cosas, uno de los gatos de la abuela había decidido mantener el trasero tibio mientras se echaba una siesta, colocándolo directamente contra mi nariz. De ahí el olor a sanitario de gatos.

Me revolví en el sofá, intentando impulsarme hacia arriba con mis brazos acalambrados. Trataba de hacerlo súper disimuladamente, para no llamar la atención de nadie. No es nada agradable que la gente te vea con la cara metida en el trasero de un gato y dos brazos inutilizados.

Pasó un minuto hasta que me di cuenta de que la sala estaba en silencio.

—De acuerdo —dijo la abuela, suspirando—. Iré a ver ese lugar, pero no les prometo nada. Amo mi hogar. Bien, el *tuyo*.

¿Cómo?

La abuela miraba a la tía Gay con el entrecejo fruncido.

—No comprendo —le dije, mirándola fijamente—. Esta es *tu* casa. Siempre lo ha sido.

Un silencio incómodo se apoderó de la sala. Intenté dejar los brazos quietos a medida que el cosquilleo y el dolor se intensificaban.

—Lo era. Bueno, no, lo es —dijo la abuela—. Pero hace unos años se la transferí a tu tía Gay, para que el gobierno no me la quitara en caso de que me viera forzada a mudarme a un hogar de ancianos.

—¡Ah, zierra la boca! —ceceó la tía Gay— . No zeaz tan dramática.

—No lo comprendo... —Y era cierto. No lo comprendía. ¿De *quién* era la casa?

—Monica —comenzó a explicarme mamá, con un tono y actitud impacientes—, el gobierno se adueñará de todos los bienes de la abuela, y con ese dinero pagarán por su cuidado. La casa se transfirió a nombre de la tía Gay para que quede en la familia.

—¿Pero quién la usará? —le pregunté—. Si la abuela no vive en ella, ¿quién vivirá aquí?

—Yo, dezde luego —me respondió la tía Gay—. Mi caza ez muy pequeña.

—¿Y qué sucederá con las mascotas de la abuela? ¿Con Fredy y los gatos?

Mamá se mostró incómoda. —Deberán ir a la Sociedad Protectora de Animales —respondió—. La tía Gay... no es muy amante de las mascotas.

La tía Gay frunció el entrecejo, y el rostro de la abuela se entristeció.

El corazón comenzó a latirme fuertemente y las axilas me empezaron a sudar como locas. Nada de esto tenía sentido.

Me quedé mirando fijamente a la tía Gay. —Entonces, si la abuela se muda a un hogar de ancianos, ¿*tú* te quedas con su casa, Fred y los gatos terminan sacrificados, y mamá no recibirá nada de la herencia? ¡Este lugar debe valer como medio millón!

Mamá volvió a moverse incómoda en su asiento. —Cariño, no me importa el dinero. Y no se trata de lo que yo desee, sino de lo que la abuela necesita. Y si esto es lo que necesita, entonces es lo que haremos.

Bajé la vista en silencio. No se trataba de lo que mamá deseaba, sino de lo que la abuela necesitaba. Era cierto. Total y absolutamente cierto. Tampoco se trataba de lo que *yo* deseaba. Se trataba de lo que la abuela necesitaba...

Mamá —quien, para ser sincera, no tenía mucho dinero— estaba dispuesta a renunciar a una herencia de medio millón de dólares para hacer lo correcto para nuestra abuela. ¿Y yo qué estaba haciendo? ¿Tratando de ganarme el viaje a un campamento, aunque significara perjudicar a la abuela? Si en ese momento hubiera podido fundirme en el sofá y desaparecer por completo, lo habría hecho con gusto.

—¿Saben? —comencé a decir—, no creo que nadie deba entrometerse en cómo la abuela escoge vivir su vida. No es necesario que viva como nosotros para tener derecho a vivir independientemente.

Tuve que evitar el contacto visual con mamá, que era una perfeccionista remilgada como yo. Y con la tía Gay, que se veía espeluznante con sus labios inflados y el ceño profundamente fruncido. *Y también* con Shelley y Edward, que seguramente me acusarían de ser una nieta egoísta y avara. De modo que sólo me quedó clavar la mirada en el gato que estaba desparramado a sus anchas en mi regazo.

—Es verdad. Siempre me gustó la organización y el orden, pero la abuela no tiene por qué mudarse a un hogar de ancianos sólo porque ella no es así. —Me moví incómoda en la silla—. Si la abuela de veras desea quedarse aquí, y puede vivir sola, ustedes no tienen derecho a obligarla a mudarse.

El corazón me latía con tanta fuerza que no me extrañaría que se hubiese notado debajo de mi camisa.

—Monica —me dijo mamá, mientras se frotaba los ojos y se recostaba lentamente en la silla—, la abuela tiene 77 años. El hecho de que hayan ordenado su casa antes de que yo llegara no significa que pueda vivir sola una vez que nos marchemos.

—Ezto ez ridículo —replicó la tía Gay—. Ez demaziado vieja para vivir zola.

A lo cual, le respondí: —Aun los más lunáticos pueden vivir solos si lo desean.

—¡Un momento! —protestó la abuela.

—Lo siento, abuela. Lo que quiero decir es que, mientras no perjudiques a otros, no hay nada malo en que vivas aquí y mantengas tu hogar como te parezca. Si lo deseas, puedes tener una acompañante, o puedes hacer todo tú sola. Es asunto tuyo.

—Es verdad —me dijo, asintiendo pensativa con la cabeza—. Y no deseo una acompañante. Me gusta mi casa exactamente como es.

Mamá se volvió a mirarla con una sonrisa triste. —Lo que sucede es que el tema me preocupa. Y mucho. Debo estar absolutamente segura de que podrás arreglártelas bien sola, sin que los niños te apañen. ¿Qué te parece si tomamos la decisión juntas?

—Hará mucho más que arreglárselas. Te sorprenderá, ya lo verás. —dije abruptamente, demostrando, una vez más, que realmente debo aprender a cerrar la boca.

—¡Grrrrrrr...! —Al parecer, la tía Gay había llegado al límite de su paciencia—. Eztoy canzada de todo ezto —ceceó—. Ezta noche tenemoz el enzayo. *No* lleguen tarde. ¡Zimplemente, no puedo zoportar máz problemaz! ¡Ya he tenido sufizientez!

Y con esas palabras, la tía Gay salió de la casa con aire melodramático.

—¿A qué se refiere con problemas? —preguntó Edward.

—Los vestidos de las damas de honor aún no están listos.

No los entregarán hasta mañana por la mañana —explicó la abuela—. Y engordó trece kilos desde la primavera, así que parece una salchicha en su vestido de boda.

—Trece kilos son 28 libras —murmuró Edward.

Mamá miró su reloj. —¡Cielos! El ensayo comienza a las seis. ¡Nos queda sólo una hora!

Fueron sesenta minutos de total frenesí, pero de algún modo, todos logramos ducharnos. Shelley se aplicó una capa fresca de maquillaje, y llegamos a la iglesia con tres minutos de anticipación.

—Aún tenemos tiempo de darle los pésames a la víctima —susurró la abuela, mientras subíamos las escaleras de la iglesia.

—¿Pésames? —preguntó Shelley—. ¿Qué víctima?

Mirándola con sarcasmo, le respondí: —El novio. ¿A quién más podría referirse?

La *víctima* se encontraba en el interior de la iglesia, sonriendo y estrechando las manos de todos los que ingresaban. Hubert, un viudo de 68 años con tres hijos adultos, era un hombre amable y gentil, que sin duda se merecía mucho más que lo que estaba a punto de obtener.

—Hola, Hubert —lo saludó la abuela, estrechándole la mano—. Aún tienes tiempo de cambiar de idea y huir. Nadie te culpará.

Hubert sonrió dulcemente. —Perro que ladra no muerde —murmuró—. No te preocupes por mí.

A decir verdad, el ensayo de la boda fue un tanto decepcionante, comparado con el drama que le había precedido. Fue demasiado largo, lento y aburrido ("un anticipo de una boda católica inglesa tradicional", susurró la abuela). Hubo infinidad de instrucciones sobre qué hacer, mucho pararse y sentarse y cantar, además de un viejo sacerdote gruñón que se la pasó corrigiendo a todos los que no eran católicos y no tenían idea de qué se esperaba que hicieran.

Estaba bastante segura de que esta boda sería más aburrida que una carrera de caracoles.

Lo más destacado: La tía Gay había decidido formar parejas con las damas de honor y los acompañantes para que pudiéramos entrar por el pasillo central de a dos. A mí me tocó de acompañante Clyde hijo (¡Dios existe!). Shelley tuvo que entrar con un vecino de la tía Gay, un adolescente con pústulas tan enormes y grasosas en la cara que parecía que explotarían al menor contacto. Era una muestra extremadamente desagradable de la pubertad y todos sus males, y la imagen de Shelley caminando por el pasillo con el "Graniento" es un recuerdo que atesoraré por el resto de mi vida.

El ensayo de la cena de bodas me dejó sin aliento, *literalmente*. Todos los que habían asistido a él, más docenas de amigos y familiares, también fueron a una comida "a la americana" en los jardines de la iglesia. Casi todos eran fumadores. Empedernidos. De esos que encienden el próximo cigarrillo con la brasa del que aún tienen en la boca. Y dado que no había nada de viento, la cortina de humo se volvió tan densa que me sorprendió que mis ropas no se incendiaran.

—¡De prisa, santo cielo! ¡Se están terminando los platos! —dijo la tía Gay mientras caminaba a toda marcha frente a mí con la ensalada de papas. Finalmente se había tomado el tiempo de ponerse compresas frías en la cara. Aún tenía los labios hinchados, pero ahora podía volver a dar lata de la forma en que habitualmente lo hacía.

Llevé platos limpios a la mesa del bufé, y ahí fue donde me topé con Clyde hijo. Estaba recostado contra una valla, mirando absorto las campiñas circundantes.

—Escogieron un lugar excelente para la boda —me dijo, al verme dirigir la vista hacia donde él miraba.

—Sí, es verdad. —Era cierto. Los hermosos jardines

traseros de la iglesia daban a una bucólica pradera donde pastaban las vacas. Grandes parcelas de tierra rodeadas de densos setos verdes se extendían por millas y millas. —Los agricultores deben estar felices aquí.

—En realidad, todo lo que estás viendo pertenece a un hombre que está un poco loco, por lo que he escuchado —Clyde sonrió—. Tiene más de 100 cabezas de ganado en esas tierras, y le dio un nombre a cada una. Dice que escoge sus nombres según sus personalidades.

Clyde señaló a un toro solitario, que permanecía alejado del resto del ganado, mirando en dirección a nosotros. —Ese es "Charlie El Sigiloso". Debe de tener unos 28 años ahora, y ya no sirve para nada, pero el viejo no quiere deshacerse de él.

—¿"Charlie El Sigiloso"? ¿Por qué le dio ese nombre? —le pregunté.

Clyde se encogió de hombros. —¡Quién sabe cómo piensa la gente mayor!

—Hubert, diablos, ¡te pedí que limpiaras los ceniceros! —La voz estridente de la tía Gay nos sobresaltó.

—Sí —asentí sonriendo—. ¡Quién sabe cómo piensa la gente mayor! —Clyde y yo nos miramos y sonreímos. Y yo saboreé la cálida sensación que produce compartir una broma con un muchacho seductor a morir. Fue absoluta, total y verdaderamente El Momento Perfecto.

—¡Monica! —Shelley se deslizó junto a Clyde, rozándole el brazo con sus pechos gigantescos—. No acapares al chico. Es lo suficientemente grande como para compartirlo.

¡Cielos! Aun cuando intentaba pasar por lista, Shelley seguía sonando como una boba total.

Edward se acercó a nosotros, mordiéndose un labio. —Mi instinto me dice que...

—¿Tu instinto? —lo interrumpió Shelley—. Eres tan friki

que ni siquiera sabes lo que es instinto. Ya no cabía duda: El Momento Perfecto se había arruinado.

—Mi instinto —dijo Edward—. Me refiero a mi opinión desinformada, de la cual, por ende, se culpará a mi tracto digestivo...

—¡Eres *tan* friki! —dijo Shelley entre dientes, mientras disimuladamente se acercaba aún más a Clyde, dejando, según podía ver desde mi perspectiva, tan solo unas pocas y apretadísimas moléculas de oxígeno entre ambos.

—¿Me dejas terminar la idea, por favor? —la interrumpió Edward, con el ceño fruncido—. Mi instinto me dice que la abuela debe hacer algo muy impactante en la boda. Estarán presentes todas las amistades y parientes de la tía Gay, quien se verá obligada a admitir que la abuela está perfectamente bien si lo demuestra haciendo algo muy inteligente frente a todos los invitados.

Los tres —Clyde, Edward y Shelley— se volvieron hacia mí y se quedaron mirándome fijamente, esperando que *yo* tuviera una idea "impactante".

Desafortunadamente, no se me ocurrió nada. Ninguna idea. Mi única preocupación en ese momento era cómo haría para alejar los pechos de Shelley del chico con quien esperaba casarme algún día.

—Mmm... ¿qué les parece un discurso? —les dije, en tono no muy animado—. Podría decir unas palabras... emotivas... durante la fiesta.

—¿No le podría decir a la cascarrabias de la tía que se mude? —preguntó Edward, arqueando las cejas con gesto travieso.

—¿O secuestrar a Hubert para salvarlo de su espantoso destino? —Clyde me sonrió y, con gran naturalidad, se alejó unos pasos de los pechos de Shelley (un gesto simple, ¡pero que me llenó de alegría!).

—O meterle aún más colágeno en los labios para que no vuelva loco a Hubert con su cháchara —agregué yo, riéndome.

—¿O echar a sus ingratos y odiosos familiares jóvenes de su boda antes de que la arruinen? —Era la voz de la tía Gay quien, sin duda, había escuchado todo lo que acabábamos de decir. Y era obvio que no le había causado ninguna gracia.

Capítulo 12

De Guatemala a Guatepeor

—Estábamos...

—No es lo que...

—Yo...

—No queríamos...

Lo sé. No supimos manejar la situación con mucho tacto. Pero al parecer, estábamos progresando, a juzgar por las arrugas de la frente de la tía Gay, que comenzaban a distenderse de a poco. En eso, vimos que la abuela y mamá venían caminando hacia nosotros con paso tranquilo.

—¿Y ahora por qué estás de mal humor, vieja cascarrabias? —le preguntó la abuela a nuestra tía, con su habitual diplomacia—. ¿El mundo aún no es lo suficientemente perfecto para ti?

La tía Gay se volvió hacia la abuela como si hubiera descubierto la causa de todos los males del universo. —¡Estos niños son *abominables*! —vociferó—. ¡Intentan arruinar mi boda!

Eso me pareció un tanto injusto. Y era obvio que a la abuela tampoco le había agradado. —Lo único que de seguro arruinará *tu* boda —le espetó la abuela— es el hecho de que *tú* eres la novia.

La tía Gay abrió la boca, sin lograr emitir sonido alguno. Creo que estaba tan furiosa que todo lo que deseaba gritar se le había quedado atorado en la garganta. O bien eran sus labios que, hinchados de colágeno como estaban, simplemente no lograron formar las palabras. (¡En serio, eran *inmensos,* como los de algunas caricaturas!)

—¡Grrrrrrrrrr...! —fue lo único que atinó a decir la tía Gay (últimamente, había estado usando mucho esa expresión). Dando media vuelta, se dirigió con paso firme hacia el grupo más cercano de invitados.

Mamá meneó la cabeza en señal de desaprobación. —La estás volviendo loca.

—No hace falta mucho para ello —dijo la abuela, entre dientes, mientras observaba a su hermana cruzar los jardines con paso torpe montada en sus zapatos de tacones altos—. Se ve ridícula en esos zapatos. Pareciera como si un enjambre de avispas asesinas le hubiera atacado los labios. Y es demasiado *vieja* para una gran boda como esta. Se está comportando como una engreída. ¡Una anciana apergaminada y engreída!

Edward se rio haciendo un sonido raro por la nariz, con sus rizos castaños rebotándole alocadamente mientras asentía con la cabeza.

—Por favor, abuela, no empeores las cosas —le dije, dándole un fuerte codazo a mi hermano en las costillas—. Debemos hacerte quedar bien para que no debas mudarte de tu casa.

La abuela exhaló un suspiro. —Bien, de acuerdo, Monica. Pero quiero que sepas que le estás quitando toda la diversión a esto. ¿De qué sirve tener una hermana si no la puedes fastidiar de vez en cuando?

Miré a Shelley, quien se estaba aproximando disimuladamente a Clyde hijo para acercar sus enormes pechos a su brazo (¡otra vez!). La verdad es que, para mí, tener una hermana no servía para nada. Al menos, no una que usaba sostenes cuatro veces más grandes que los míos.

Por fortuna, pasamos el resto de la velada sin meternos en ningún otro problema, para lo cual, básicamente, tuvimos que evitar a toda costa toparnos con la tía Gay y mantener a la abuela ocupada sirviendo tragos para todo el mundo.

Finalmente, regresamos a casa de la abuela a las tres de la madrugada, apestando a cigarrillo, tosiendo y escupiendo pedazos de pulmón.

—Pondré la alarma a las 10.30 —dijo la abuela, mientras se dirigía a su dormitorio arrastrando pesadamente los pies—. Eso nos dará tiempo suficiente para regresar a la iglesia antes de que la vieja cascarrabias venga por nosotros.

Lo que *no* nos daría sería tiempo suficiente para un descanso placentero, pero ahora estaba demasiado exhausta para pensar en ello. Era como si recién hubiera apoyado la cabeza en la almohada cuando comencé a tener un raro sueño sobre alguien golpeando la pared, gritando algo sobre la mañana... sobre darse prisa... sobre ser más responsable... y, básicamente, gritando. Y golpeando. Golpeando mucho. No era un sueño agradable.

Y tampoco era un sueño.

—¡Cielos, son sólo las 8 de la mañana! —oí gritar a la abuela—. ¡Es una boda, no una bendita coronación! —Entreabrí levemente los ojos, puesto que no creía poder tolerar una avalancha de luz solar.

Pero lo extraño era que no había sol. Sólo oscuridad. Una oscuridad profunda, peluda, apestosa. Fred, con su habitual hilo de baba colgándole del labio inferior, estaba inclinado muy cerca de mí, mirándome insistentemente a la cara. Tan pronto como me vio entreabrir los ojos, se acercó aún más, resoplando fuertemente (sin duda, buscando el lugar ideal para secarse el agua del inodoro de la boca).

Me di vuelta en la cama, tratando de alejarme de su cara babosa.

Mala idea. Dado que estaba acostada justo en el borde de la cama, al moverme dejé de estar *sobre* ella, y terminé en el aire. Y luego, en un milisegundo, caí de espaldas sobre el piso de madera, mientras un agudo dolor me traspasaba el cuello.

—La Reina ha traído los vestidos de boda —bramó la abuela desde la sala—. ¡Vengan a verlos!

Bien, no fue necesario que me llamara dos veces. Había visto cómo vestía la tía Gay. Podía imaginarme el horror que nos esperaba.

Pero mi imaginación resultó escasa comparada con la de mi tía Gay.

Cuando bajé las escaleras —con Shelley, mamá y Edward siguiéndome—, ni siquiera pude interpretar lo que veía. El sofá estaba completamente cubierto con pilas enormes de tiras negras y blancas. O flores. Flores negras y blancas. ¿Tiras de flores? La cabeza me latía con fuerza. ¿Era una ilusión óptica o una señal de daño cerebral permanente?

—¿Qué diab...? —Mamá, que jamás se quedaba sin palabras, no supo qué decir.

La abuela sonrió, y luego tomó un puñado de flores, o tiras, o lo que fuera que era esa cosa, y las sujetó en el aire. Era un vestido. Un enorme y vaporoso vestido hasta el piso, con mangas largas, un escote peligrosamente bajo y una cintura ridículamente estrecha. Estaba totalmente cubierto de flores de tela brillante negras y blancas, dispuestas —¡nada menos! — en gruesas y enormes hileras horizontales de flores negras, intercaladas con idénticas hileras de flores blancas que cubrían absolutamente toda la superficie de ese aparatoso modelo.

¿Acaso alguien había matado y despellejado a tres cebras con obesidad mórbida? Esto era mucho peor de lo que jamás habría podido imaginar.

Nos quedamos allí, en silencio, intentando despabilarnos de tanta conmoción.

—Veamos cómo les quedan puestos. —La abuela intentaba no reírse, con muy poco éxito—. Pruébenselos.

Así lo hicimos. En lugar de huir, de desarrollar una gripe repentina, de tener un ataque de apendicitis, de hacer algo —*¡cualquier cosa!*— que nos librara de asistir a la boda... nos probamos los vestidos. Luego nos paramos en círculo, mirándonos las unas a las otras. Tres enormes cebras infladas cubiertas de volados.

—¡Cielos, me estoy cocinando! —dijo Shelley, mientras trataba de meterse los pechos en el canesú del vestido—. ¿De qué está hecha esta cosa?

—De material aislante, según parece —murmuró entre dientes mamá, a quien ya le comenzaban a caer gotas de sudor por la frente.

Si antes de ver este vestido, me hubieran pedido diseñar un modelo que les sentara terriblemente mal a todas las mujeres, más allá de la contextura o talla de cada una de ellas, habría aseverado sin sombra de duda que era una tarea imposible.

Y me habría equivocado.

Mamá lucía espantosa. El talle era tan estrecho y le apretaba tanto la cintura que sus anchas caderas parecían dos enormes globos decorados con gruesas rayas negras y blancas. Shelley también se veía desastrosa. Sus macizos pechos sobresalían del escote profundo y se bamboleaban en todas las direcciones como dos tazones desbordantes de gelatina. Y yo me veía simplemente horrorosa. El canesú me quedaba demasiado holgado gracias a mis pechos planos, poniendo en evidencia que mi cuerpo había decidido no molestarse en desarrollar senos.

—¡Me veo fabuloso! —anunció Edward. Parado sobre la mesita de la sala con los brazos extendidos a los costados, mi hermano giraba lentamente, modelando el esmoquin que la tía Gay había dejado para él. Le iba de maravillas, y la sencilla camisa blanca y el moño negro le daban un aire de novio pequeño. Me revolvía el estómago reconocerlo, pero el mocoso engreído se veía *realmente* fabuloso.

—También quiere que usen estos. La abuela levantó unos zapatos blancos de punta, con unos tacones ridículamente altos. Zapatos diseñados para impactar, al mismo tiempo que mutilarte los pies. —¡Ah, y también eso! —agregó la abuela, señalando una gran caja sobre el sofá, y evitando mirarnos.

Caminé dificultosa y lentamente hacia la caja. El vestido era tan aparatoso y caliente, que sentía que estaba envuelta en compresas de calor y cubierta en plástico.

La caja. No me sorprendió en lo más mínimo ver que contenía cosas que se esperaba que lleváramos en la cabeza. Gruesos anillos de plástico (como miniaros de hula-hula) cubiertos con flores plásticas negras y blancas, y cintas ridículamente largas de los mismos colores colgando por detrás.

—Me quiero morir —masculló Shelley, mientras cruzaba pesadamente la sala hasta el espejo más cercano. Ni siquiera Shelley —la "Diosa de la Moda"— podía caminar naturalmente en tacones tan altos.

Dirigí la mirada a la abuela. Estaba sentada en el sofá con dos gatos acurrucados en su regazo, bebiendo una taza de té y observándonos con un aire divertido en el rostro.

La abuela era lista, graciosa y saludable, además de endiabladamente buena para el ajedrez. No obstante, yo me había dejado llevar por la idea de trasladarla a un hogar de ancianos. ¿Y por qué? Porque la abuela coleccionaba demasiadas cosas y limpiaba muy poco. ¿Y qué? A juzgar por el estrambótico traje que me estaba probando, la que estaba perdiendo el juicio y debía ir al hogar de ancianos era la tía Gay. Era hora de poner las cosas "en su lugar". El campamento científico tendría que esperar para otro año.

De pronto, alguien llamó a la puerta. Al levantar la mirada, alcancé a ver a Clyde hijo —al mortalmente seductor Clyde hijo— haciendo su entrada triunfal. Traía en los brazos a uno de los enormes y peludos gatos de la abuela, y su adorno era una de sus enormes e hipnotizantes sonrisas.

—¿Perdieron a uno de los siete enanitos anoch... ? —Fue como si alguien hubiera apretado el botón de pausa del control remoto de la televisión. Clyde se quedó congelado donde estaba, mirándonos como hipnotizado. Lo único que se le movían eran las cejas, las cuales comenzaron a temblarle como si quisieran salir disparadas desesperadamente por sobre su frente en señal de horror.

—Se ven... mmm... se ven...mmm... ¡Aquí está el gato! —Y con eso, el hombre con el cual debería caminar por el pasillo central de la iglesia en menos de cinco horas, dejó al malhumorado felino en el piso y, caminando hacia atrás, se escurrió por la puerta, mirando fijamente sus propios pies como si fuera la primera vez que se los descubriera.

—¿No deberíamos salir ya para la iglesia? —preguntó mi hermano, intentando por todos los medios poner cara seria. Tanto lo intentaba, que parecía estreñido. Y luego de una rápida sesión de peinado y maquillaje, ya no había vuelta atrás.

—Tú ve por delante, mocoso engreído —le dijo Shelley entre dientes, mientras salía por la puerta con dificultad.

Sin decir palabra, nos subimos al auto de la abuela. Era un auto pequeño, y nuestros vestidos eran abultados. Tanto, que lo único visible de la anatomía de Edward era su cabeza, la cual emergía de entre el mar de flores negras y blancas que inundaban el asiento trasero del auto. Fue un viaje largo y silencioso.

—¡Dios mío, ya alcanzo a oírla! —masculló la abuela, mientras se bajaba del auto en la iglesia. En efecto, ya podíamos oír la voz estridente y penetrante de la tía Gay que provenía del interior de la parroquia.

—¿Puedo ir a explorar? —preguntó Edward.

—De acuerdo, pero no te ensucies —asintió mamá en voz baja, mientras intentaba por millonésima vez levantarse el canesú del vestido para cubrir su sostén.

Entramos con paso torpe y dificultoso a la iglesia, que en ese momento era un torbellino de nerviosismo. Media docena de personas que no conocía corrían de un lado a otro como si estuvieran huyendo del demonio, para obedecer las órdenes que la novia vociferaba a diestra y siniestra. ¿Y la novia? Estaba *parada* sobre una silla en el medio del vestíbulo, con dos mujeres arrodilladas a sus tobillos, haciéndole el ruedo a su vestido de bodas.

¡Cielos! Aunque parezca imposible, la tía Gay se las había ingeniado para superar todos los modelos que hasta el momento la había visto usar. Obviamente, los adornos, el escote, el largo y la voluptuosidad de su vestido, eran iguales a los nuestros, pero sus flores falsas y brillantes eran *todas* blancas. De un blanco cegadoramente intenso. Parecía una cebra albina. Una cebra albina con lápiz labial de un rojo furioso que gritaba órdenes a todo el infortunado que hiciera contacto visual con ella, y también a los que por todos los medios intentaban no mirarla.

—Llegan muy tarde —nos dijo autoritariamente, mientras se bajaba de la silla—. Vayan a ver a Edith para que las peine.

—¿Edith? ¿Quién es Edith? —murmuró Shelley, mientras se escurría apresuradamente por el pasillo—. ¿Y qué hará con *nuestro* cabello?

—Probablemente, no te convenga saberlo —le respondió la abuela, mientras caminaba con paso firme cargando un montón de velas en sus brazos.

Lo supimos quince minutos después. Edith, una anciana con manos descontroladamente temblorosas, había recibido órdenes de la novia de hacernos "peinados altos".

De modo que nos empapó el cabello con *spray* para uso profesional, del tipo que se endurece tanto que con una capa lo suficientemente gruesa no habría necesidad de usar casco de seguridad para andar en bicicleta. Luego lo peinó hacia arriba, formó diminutos tirabuzones de cabello, y acomodó sobre los rodetes el adorno floral con las cintas colgando. De esa forma, quedamos "barnizadas".

—Es el peor día de mi vida —dijo Shelley entre dientes, mientras se acomodaba los mechones de pelo sueltos pegados a sus mejillas—. No haré esto.

Asentí con la cabeza. Es decir, lo intenté. Tenía tanto *spray* en la nuca que sentía que la piel se me estiraba cada vez que movía la cabeza.

—Coincido con Shelley. Esto es un horror —afirmé, demostrando con ello que, ante el desastre, las personas tienden a unirse.

De pronto, mamá, con aire de cebra enfurecida, se volvió hacia nosotras. —Pagué cuatro boletos de avión, pedí licencia en el trabajo, viajé desde el otro lado del mundo, y estoy metida en este traje horripilante, así que más les vale comportarse como es debido en esta endemoniada boda, ¿está claro?

—Mamá... —Era Edward. Había entrado corriendo a la sala a toda velocidad, y le jalaba la manga floreada de su vestido.

—Y pretenderán que se sienten felices de estar aquí —agregó, ignorando al niño del esmoquin que le jalaba la manga.

—Mamá... —insistía mi hermano.

—¡Y ya basta de quejarse de estos tontos vestidos! Si se sienten incómodas en ellos, deberán acostumbrarse a tolerarlos. —Mamá intentaba fruncir el ceño pero, gracias a los temblores de Edith, su frente estaba tan cubierta de *spray* como mi nuca.

—Mamá... —Los tirones estaban comenzando a molestarme incluso a *mí*, y ni siquiera era mi brazo.

¡Buuum!...

La explosión hizo vibrar las ventanas. De pronto, las luces se apagaron y quedamos sumidos en una tiniebla violácea, similar a la que se produce cuando los rayos del sol atraviesan los vitrales antiguos de las ventanas.

—Edward —dijo mamá, con una voz que intentaba, por todos los medios, sonar calmada. —¿Qué has hecho?

—Creo... creo que... tal vez incendié la iglesia —le respondió.

Capítulo 13

Por eso lo llaman "Charlie El Sigiloso"

—Intenté encender la caldera, una de esas antiguas donde se ve la llama adentro —explicó Edward, mientras los asistentes de la tía Gay huían desesperados por la puerta principal de la iglesia—. Pero como no pude, apreté el botón de encendido. Entonces me di cuenta de que la chimenea ya estaba llena de aceite, lo cual suele ser el comienzo de una gran explosión.

Por lo general, sí. Pero no tardamos en darnos cuenta de que *en realidad*, Edward no había incendiado la iglesia. Si bien la explosión había sido muy fuerte, sólo se había quemado el panel eléctrico de la pared del sótano. Estaríamos a oscuras hasta que viniera un electricista a reemplazar el panel, pero al menos nadie había resultado herido. En términos generales, no fue para tanto.

—¡Este es el *peor* día de mi vida! —gritó la tía Gay, comentario que provocó un gesto de desdén tanto en la abuela como en mamá. Se había puesto la bata de cama naranja brillante y las pantuflas al tono que vestía la noche en que nos sorprendió trepados al árbol, y también tenía la cabeza repleta de esos enormes tubos verdes. Se veía tan espeluznante ahora como entonces.

—No te pongas como loca —le dijo la abuela—. Me hiciste comprar toda esa parva de velas, así que las pondremos a buen uso para hacer una boda a la luz de las velas.

—¡Y podemos hacer pis en los arbustos como si estuviéramos de campamento! —agregó Edward.

Quizá por millonésima vez en su corta vida, todas las miradas se volvieron a mi hermano.

—Bien... como sabrán... estamos en el medio del campo, así que la iglesia debe obtener el agua de un pozo —dijo Edward, con una cierta incomodidad al ver la reacción de todos cuando finalmente comprendieron la seriedad de lo que estaba diciendo—. El pozo de la bomba necesita electricidad, así que los inodoros y lavabos no funcionarán hasta que arreglen el panel eléctrico.

—Ahora sí no me cabe duda, ¡es el *peor* día de mi vida! —gritó otra vez la tía Gay en tono dramático—. ¡Y *tú* eres el peor de todos los...!

No deseo repetir palabra por palabra todo lo que vociferó la tía. Para resumirlo: la boda sería un fracaso total, todo era *nuestra* culpa, y por ello iríamos al infierno. Si bien estoy parafraseando, ese era, básicamente, el quid de la cuestión.

Si bien sus acusaciones eran bastante severas, el hecho de que la tía tenía manchas de lápiz labial en los dientes y de césped en las pantuflas, y, como si ello fuera poco, estaba parada junto a una enorme pila de bosta de vaca, le restaba bastante seriedad a sus insultos.

La tía Gay, siempre gritando a viva voz, condujo a los reacios invitados hacia el interior de la iglesia, mientras mamá y la abuela salían de prisa en busca de cerillas. De pronto, Shelley y yo fuimos las únicas que quedamos afuera.

Recorrí la vista por las apacibles praderas donde pastaban

las vacas. "Charlie El Sigiloso" nos estaba dando la espalda, a unas 60 yardas de distancia, con la mirada perdida y rumiando tranquilamente su alimento. La escena era tan apacible y serena, que sentí que finalmente mis hombros comenzaban a relajarse.

—Debo hacer pis —dijo Shelley, arruinando nuevamente la atmósfera.

—Hace unos minutos no tenías ganas —le respondí entre dientes.

—Bien, pues ahora sí.

—Es psicológico, ¿sabes? Sólo crees que tienes que ir porque sabes que los inodoros no funcionan. Haz pis en los arbustos.

—Acompáñame. No quiero ir sola. —Shelley se subió el vestido y se dirigió hacia el grupo de árboles más cercanos.

—¿A qué le temes? Las vacas son herbívoras. No se comen a las cebras. —Pensé que mi ocurrencia era bastante graciosa, pero la única reacción de Shelley fue mirarme fijamente y seguir caminando. Volví a recorrer la vista por los campos lodosos. "Charlie El Sigiloso" estaba parado a unas 50 yardas de distancia, espantándose indolentemente las moscas con la cola.

Suspiré y me levanté el ruedo del vestido. Había que caminar bastante hasta los árboles, no tanto en distancia pero en esfuerzo. Los tacones se nos atascaban una y otra vez en la tierra, y era muy difícil mantener levantados esos abultados vestidos, pero desde luego, no podíamos permitir que se arrastraran, o terminarían manchados de lodo y bosta de vaca.

Cuando finalmente llegamos a la larga hilera de árboles, me apoyé sobre el primero mientras Shelley inspeccionaba los otros, supongo que en busca de uno que resultara ideal para ocultarse y hacer pis.

—¡Ya hazlo! —le dije, recorriendo los campos con la mirada. Ahora estábamos a unas 15 yardas de distancia de

"Charlie El Sigiloso", quien continuaba pastando distraídamente y mirando a su harén de vacas.

—Déjame en paz, Monica. ¡Diablos!

—¿Qué te sucede? —le pregunté.

—Necesito un descanso de ti. De tus críticas y tus quejas. Sólo necesito un recreo.

Miré con detenimiento a Shelley mientras intentaba levantarse el vestido lo suficiente como para agacharse y hacer pis. Ella necesitaba un descanso de mí. *¿Ella* necesitaba un descanso de *mí?*

Me lanzó una mirada furiosa. —¿Sabes? No eres lo que se diría una compañera perfecta con quien convivir. Eres muy criticona. No te vendría mal criticarnos un poco menos. *Mucho* menos, en realidad.

¡Genial! *Ella* necesitaba un descanso de *mí.*

De pronto, yo también tuve la sensación de querer ir. —¡Cielos, ahora *yo también* debo ir! Me paré detrás de un árbol y me levanté el vestido.

—Es psicológico, ¿sabes? —dijo Shelley—. Sólo crees que tienes que ir porque sabes que los inodoros no funcionan.

Le lancé una mirada llena de ira, intentando ignorar lo ridículas que nos veíamos ahí. Dos chicas con peinado alto de tirabuzones repletos de spray, gigantescos vestidos levantados hasta la cintura, y pantaletas fruncidas en los tobillos, agachadas para evitar hacernos pis en los zapatos de tacones altos.

Acababa de levantarme las pantaletas cuando súbitamente escuché que la tierra comenzó a rugir. Luego, en cuestión de segundos, algo me embistió bruscamente. No recuerdo el momento en que mis pies perdieron contacto con la tierra, pero sí recuerdo el aterrizaje —y la patinada— de cara al suelo, en un charco de lodo. Sentí un dolor agudo en los costados.

—¡Monica, cuidado! —gritó Shelley. Un poco tarde, pensé.

Al levantar la cabeza, vi a "Charlie El Sigiloso" inclinado junto a mí. Antes de que pudiera ponerme de pie, me lamió la cara con su enorme y áspera lengua, y luego comenzó a mascar ruidosamente las flores falsas de mi pelo.

Con gusto le hubiera dado todo el adorno de flores, pero Edith lo había sujetado con al menos 20 pasadores, y si "Charlie El Sigiloso" me lo arrancaba, también se llevaría gran parte de mi cabello.

—¡Shelley, haz algo! —Traté de salir arrastrándome hacia atrás por el lodo, pero no lo logré. "Charlie El Sigiloso" se había metido la mayoría de mis tirabuzones en la boca junto con las flores.

De pronto, lanzó un fuerte resuello y los soltó. Mientras lograba ponerme de pie, alcance a ver fugazmente una cabellera oscura. ¡Clyde hijo! Había sujetado el anillo de la nariz del toro intentando alejarle la cabeza de mí. Y con una fuerte patada, Clyde persuadió a la bestia de hacerse a un lado.

—¡Monica! —dijo Shelley—. ¡Te ves espantosa!

No lo dijo con diplomacia, pero era verdad. Tenía magulladas las rodillas, los codos y las costillas. Mi vestido estaba totalmente salpicado de lodo, y, por lo que podía ver de las cintas deshilachadas que aún colgaban del tocado, mi corona de flores también se había arruinado por completo. Me toqué suavemente el peinado y lancé un gemido. "Charlie El Sigiloso" había mutilado el trabajo de Edith, y ahora, en su lugar, sólo quedaban largos mechones de cabello pegajoso que colgaban en todas direcciones, como la cola de un pavo real. Clyde no me quitaba la vista de encima, con una expresión entre divertida y preocupada, mientras yo intentaba encontrar algo para decir.

—Mmm... gracias. —Traté de disimular el dolor al tocarme las costillas—. De veras me embistió de plano.

—Por eso lo llaman "Charlie El Sigiloso". Le gusta

sorprender a la gente. —Clyde reprimió una sonrisa mientras miraba al toro.

"Charlie El Sigiloso" nos miraba tranquilamente desde el otro lado del campo, mientras se lamía los pétalos de flores falsas de sus labios.

—Tendrás una buena historia que contarles a los invitados de la boda —dijo Clyde.

¡La boda! Una rápida mirada a mi reloj me alertó de que probablemente lo mío no tendría solución. Ya eran las 12.30 y se suponía que la boda debía comenzar a la 1 en punto. Se necesitaría un milagro para lograr estar nuevamente limpia y presentable a tiempo.

Una vez más, Shelley y yo nos levantamos los vestidos y cruzamos el campo en dirección a la iglesia. Pero esta vez caminamos tan rápidamente como nuestros tacones de aguja nos lo permitían, con el lodo salpicándonos peligrosamente cerca del ruedo de los vestidos.

—La tía te matará —dijo Shelley, jadeando—. Esto *sí* será la gota que colme el vaso.

—Para ella, todo es la gota que colma el vaso —murmuré, mientras entrábamos a la iglesia con paso torpe—. Clyde, ¿sabes dónde están los baños?

Shelley se sacudió fuertemente los pies sobre el tapete, salpicando toda la entrada con trozos de lodo seco. Yo ni siquiera lo intenté. Mis zapatos estaban cubiertos del fango pegajoso y húmedo del charco en el que acababa de caer.

—Síganme. —Clyde bajó rápida y decididamente los escalones del sótano oscuro, y luego, tan rápidamente como había bajado, volvió a subir—. Aguarden...

Apenas un minuto después, había regresado, esta vez, munido de una linterna. —Bien, ¡síganme!

Bajamos tras él con paso torpe, guiadas por la luz

amarillenta de la linterna. Clyde se paró frente a la puerta del baño y me entregó la linterna. —Buena suerte —me dijo.

—Necesitará más que eso —musitó Shelley.

Entré al baño a toda velocidad y abrí el grifo. Desde luego, tenía la sensación de que no funcionaría. Mejor dicho, estaba casi segura. Pero no fue sino hasta que "literalmente" *vi* que no funcionaría —al comprobar *con mis propios ojos* que el grifo emitió un débil sonido y luego calló para siempre— que supe que finalmente esto sería una catástrofe total.

—Muy bien. Entonces no hay nada más que hacer. —Shelley se recostó en la pared—. Estás en graves problemas.

Me quedé parada allí, mirando el grifo inutilizado, sintiendo un gran peso en el corazón y en el estómago. Esta era mi última oportunidad de ayudar a la abuela. Mi última oportunidad de arreglar el lío en el que yo, si bien *no había causado*, había participado y contribuido a empeorar. Mi última oportunidad de ayudar a la abuela, *sin* ser egoísta y criticona. Era *indispensable* lograr verme presentable —o, al menos, lo más presentable posible dentro de las circunstancias— para poder ir a la boda y hacer algo.

De pronto, se me ocurrió una idea. Una idea deplorable, espantosa, repugnante. Pero una idea que tal vez funcionaría.

Le di la linterna a Shelley. —Apúntala hacia el inodoro —le dije, inhalando profundamente, tal vez, por última vez, y me dirigí a la vieja y quebrada reliquia con manchas de herrumbre.

—*¿Qué* estás haciendo? —me preguntó Shelley, mientras me seguía con la linterna.

No le respondí. En realidad, no podía, pues estaba conteniendo la respiración. Levanté la tapa del depósito y miré en su interior. Agua. Agua del inodoro. Yo aborrecía el agua del inodoro.

—Me lavaré la cara, el cuello y las manos, me quitaré el lodo de los zapatos, y luego me arreglaré el cabello.

No lo estaba diciendo en voz alta para convencer a Shelley, sino *a mí misma*. Desde que tengo memoria, siempre había hecho las cosas de la manera *correcta*. Es decir, en forma ordenada, limpia y organizada. Bien, ahora había llegado el momento de hacer *lo correcto*, aunque implicara tener que hacer algo que me repugnara. Y esto, sin duda, era algo increíblemente repugnante para mí.

—Eso es asqueroso. Ni lo pienses.

—No es asqueroso —dije, intentando nuevamente convencerme a mí misma más que a mi hermana—. Es agua limpia, porque aún no ha pasado por el inodoro.

— Está *adentro* del inodoro, tonta —me respondió sin demora—. Es agua de inodoro.

Lancé un suspiro. —Entonces, hoy deberé lavarme la cara en el inodoro.

Tomé la barra de jabón reseca y cuarteada de la mesada y la metí en el tanque (el agua estaba increíblemente fría). Luego, con los ojos y la boca cerrados tan herméticamente que ni las moléculas de oxígeno podrían pasar, me tiré el agua sobre la cara y el cuello y comencé a restregarlos.

—¡Monica, qué asco! —gritó Shelley, dando saltitos y dejándome en la oscuridad mientras la débil luz de la linterna rebotaba entre el techo y las paredes.

—No seas tonta —le respondí en tono brusco—. Es la misma agua que sale del grifo. Lo cual era verdad, pero aun así tuve que reprimir el impulso de vomitar mientras me limpiaba el lodo de los labios.

—Sígueme con la luz. —Me dirigí al espejo—. Debo arreglarme el cabello.

A decir verdad, no era mucho lo que podía hacer con el peinado. Los rizos ahora estaban derechos gracias a "Charlie El Sigiloso", quien también se había comido al menos la mitad de las flores falsas y cintas del aro de hula-hula.

Pero ahora, mi cabello estaba empapado de baba de toro, la cual, después de todo, resultó ser casi tan eficaz como el gel. Rápidamente me recogí el pelo en un pequeño rodete; luego, lo sujeté con las horquillas de Edith, y me coloqué lo que había quedado del tocado.

Cuando salimos del baño, Clyde hijo nos estaba esperando. Tomó la linterna y me iluminó, mirándome lentamente de arriba abajo.

—¿No se ve ridícula? —le preguntó Shelley, mientras se acercaba más a Clyde, lo cual demostraba una vez más que yo habría sido infinitamente más feliz siendo hija única.

—Bien, nadie es perfecto —dijo Clyde, finalmente—. Pero Monica sigue siendo la chica más bonita del lugar, y tiene mucha más clase que todos los presentes en esta tonta boda. —Lo cual demostraba, una vez más, que este era el hombre con quien estaba destinada a casarme.

Shelley subió las escaleras con pasos firmes y dramáticos, y Clyde y yo la seguimos. Sentía el estómago repleto de mariposas y nudos y alimentos a medio digerir.

Incluso con todas las velas encendidas, la iglesia se veía lóbrega y oscura. Quizá, con un poco de suerte, nadie notaría mi máscara de pestañas corrida, mis zapatos arruinados, mi vestido salpicado de lodo y mi peinado alto sostenido por baba de toro. La esperanza es lo último que se pierde, ¿no creen?

El organista comenzó a tocar la marcha nupcial y todas las parejas nos preparamos rápidamente: Clyde conmigo, Shelley con el Graniento, y Mamá con Edward. No me sorprendió que, excepto por Clyde y Shelley, los otros tres, en lugar de concentrarse en lo que debían hacer, comenzaron a chocarse torpemente hombro con hombro y pisarse entre sí, ya que no podían quitarme los ojos de encima.

—Me atacó un toro —susurré, esperando dispersar la

multitud de preguntas que me harían antes de emprender la caminata por el pasillo.

Gracias a la sórdida oscuridad de la iglesia, logré llegar al altar sin que los invitados me prestaran demasiada atención. De hecho, al ver nuestros enormes vestidos de cebra, la mayoría de los ojos se volvieron hacia la parte trasera de la iglesia, sin duda esperando ver el espantoso diseño que la novia habría escogido para *ella*.

La tía Gay apareció en la puerta en su voluptuoso vestido de cebra albina. Miró a su alrededor con expresión serena, sonriendo dulcemente a sus invitados, mientras caminaba con paso lento por el pasillo del brazo de su novio.

Pero al verme, su expresión cambió por completo. Sus ojos se desplazaron velozmente desde mi cabello hasta mis pies, y luego hacia arriba nuevamente, tras lo cual se clavaron en los míos, traspasándome como si fueran pequeños torpedos castaños.

Tan pronto como llegó al altar, comenzó a darme su temida perorata. —¿Qué diablos te ocurrió? —dijo apretando los labios—. ¿No has hecho lo suficiente para arruinar este día tan especial para mí? —Si bien al decirlo continuaba sonriendo, pues la gente le estaba tomando fotografías, escupía sus palabras como si fueran ácido.

—Me atacó un toro detrás de la iglesia —murmuré.

—¿Un *toro*? ¡Mentirosa! —murmuró, aún sonriendo—. Hiciste esto a propósito. ¡Tú y tus hermanos son el mismísimo demonio!

Echaba chispas por los ojos. De hecho, se veía tan furiosa, que hasta el cura parecía nervioso. En lugar de detenerse constantemente para asegurarse de que todos nos paráramos, sentáramos, saludáramos o lo que fuera que tuviéramos que hacer en ese momento, pronunció su discurso sin perder tiempo y a una velocidad alarmante.

La boda tomó sólo la mitad del tiempo que había llevado el ensayo, y muy pronto observábamos cómo el pobre Hubert besaba a la furiosa novia, una escena que me provocará pesadillas por años y años.

La tía Gay había dispuesto que las fotos se tomaran afuera, y minutos después de salir a la luz del día, todas las miradas se centraron en mí, y todas las cejas se levantaron en gesto interrogante.

—Bien, cuéntanos —dijo uno de los invitados—. ¿En qué charco estuviste jugando?

—Monica fue atacada por un toro —le respondió la tía Gay en su voz más dulce—. ¿Acaso no fue valiente en acompañarnos luego de una experiencia tan terrible?

Miré a la abuela, desconcertada.

La abuela, al ver mi confusión, se inclinó hacia mí y me dijo: —Las apariencias lo son todo para la vieja cascarrabias —me susurró—. Tiene que quedar bien frente a sus amigos.

Sentí un escalofrío en la nuca. Esta era mi oportunidad, y debía aprovecharla.

—Mmm... deseo hacer un anuncio —dije, hablando en el tono de voz más alto que pude. El corazón me palpitaba fuertemente.

—¿Monica? —Los ojos de la tía Gay me taladraban nuevamente el cerebro—. ¿Estás segura de que deseas hablar ahora?

—Sí. Deseo hacer un anuncio. —Respiré profunda y temblorosamente.

—Deseo agradecer a la tía Gay por ayudar a la abuela a resolver un terrible... dilema. —Mis ideas se agolpaban locamente mientras trataba de decidir qué era lo próximo que diría—. Desearía agradecerle por alentar a la abuela a quedarse en su hermoso hogar, en lugar de mudarse a una residencia de ancianos.

La tía Gay se quedó petrificada. Sólo atinó a mover los ojos, desplazándolos velozmente de mí a los invitados. Si hubiera podido matarme ahí mismo, estoy segura de que lo habría hecho. Respiré profundamente una vez más.

—Ayudó a la abuela a ordenar sus cosas y organizarlas. Incluso se ofreció a limpiar la casa de arriba abajo antes de partir hacia su luna de miel. Gracias a ella, la abuela podrá vivir sola en su hogar sin ningún problema.

Los amigos de la tía Gay y sus familias respondieron con muchas exclamaciones y aplaudieron fuertemente. Mamá, Shelley y la abuela permanecieron paradas mirándome fijamente, con expresión de sorpresa y asombro.

La tía Gay esbozó lo que era la sombra de una sonrisa —según se lo permitían sus inflados labios rellenos de colágeno— mientras asentía ante los invitados.

—Estoy encantada de ayudar a mi querida hermana —dijo. Y volviéndose hacia mí, agregó: —Y será un placer retorcerte el pescuezo cuando estemos a solas —murmuró, aún sonriendo, desde luego.

EPÍLOGO

Bien, la tía Gay nunca tuvo la oportunidad de retorcerme el pescuezo. Le llevó tres días enteros limpiar la vieja casa de la abuela, que si bien era pequeña, tenía polvo y telas de arañas acumuladas de muchísimos años.

Tampoco pudo *evitar* hacer el trabajo, porque sus amigos venían uno tras otro para ver cómo iban las cosas. Fue la primera vez que la vi usar pantalones, y espero que sea la última (algunas personas nunca deberían usar pantalones ceñidos).

Una vez que terminó con la limpieza, Hubert la llevó una semana a París de luna de miel (donde, según los rumores, la tía aterrorizó al personal del hotel y se quejó sin parar del servicio del restaurante).

Pasamos unos días más con la abuela antes de volver a casa. Y en cuanto a las comidas, como si el *curry* no hubiera sido drama suficiente para un verano, la abuela nos engatusó con dos platos típicos ingleses: Moronga, un embutido hecho de sangre coagulada (que sabe tan mal como suena) y Sapo en el agujero (un pastel de salchichas que sabe mucho mejor de lo que suena).

Clyde hijo y yo prometimos mantenernos en contacto, y platicamos bastante por Facebook. Tal vez no termine casándome con él, pero definitivamente es mi plan B si para cuando cumpla 20 años, no he encontrado un chico tan perfecto como él.

¡Ah, me olvidaba! Terminé yendo al campamento científico, a pesar de haber fracasado por completo (y a propósito) con el plan de convencer a la abuela de mudarse a un hogar de ancianos. —Lograste arreglar ese lío, y la tía Gay dejó de gritarnos —dijo mamá—. Para mí, es suficiente.

Además de eso, el resto ha vuelto a la normalidad. Ayer, la Sra. Frieson vino a golpear a nuestra puerta, gritando que Edward le estaba haciendo caras desde el baño.

Subí a ver qué sucedía, y, desde luego, allí estaba mi hermano, con su pañuelo a lunares, parado sobre el inodoro, sacando su torso escuálido por la ventana. Y sí, obviamente, estaba desnudo.

A message from the author:

If you enjoyed *El día que me lavé la cara en el inodoro*, I'd be incredibly grateful if you posted a quick review on Amazon. Even a review of only a few sentences is a great help! And if you have any questions, you can reach me at **brenda@brendakearns.com**. Thank you!